果然我的
青
搞

My yo comedy is
wrong as I expected.

渡 航【WATARI Wataru】

繪者／ponkan⑧

日本小學館正式授權繁體中文

果然我的青春戀愛喜劇搞錯了

My youth romantic comedy is wrong as I expected.

登場人物【character】

比企谷八幡………本書主角。高中二年級，個性相當彆扭。

雪之下雪乃………侍奉社社長，完美主義者。

由比濱結衣………八幡的同班同學，總是看人臉色過日子。

材木座義輝………御宅族，夢想成為輕小說作家。

戶塚彩加……………隸屬網球社，非常可愛的男孩子。

川崎沙希……………八幡的同班同學，有點像不良少女。

平塚靜…………………國文老師，亦身為導師。

比企谷小町………八幡的妹妹，國中生。

川崎大志……………川崎沙希的弟弟，跟小町念同一所國中。

雪之下陽乃………雪乃的姐姐，大學生。

雪屋……………………比企谷家養的貓。

酥餅……………………由比濱家養的狗。

4

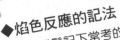

◆焰色反應的記法

★為了輕鬆記下常考的焰色反應，小町編了一句口訣。把這個口訣記下來便萬事 OK！

- ●鋰（Li）—— 紅色
- ●銅（Cu）—— 綠色
- ●鋇（Ba）—— 綠色
- ●鐵（Fe）—— 沒有反應

里昂！你的同輩都變成綠色了！鐵定不會有反應的！

研究結論

利用焰色反應，便能揭穿謎一般的金屬和物質的真面目！

反過來說，既然煙火是焰色反應的應用，它們說不定知道小町在意的那個人心裡是怎麼想的！

不過，在煙火晚會上十分瘋狂的人，內心大多很汙穢，所以還是不要知道比較好！

暑假作業：自由研究

不可思議的煙火　比企谷小町

說到夏天，當然少不了煙火！千葉的煙火很漂亮喔☆
透過這次自由研究，我們要探討煙火的奧祕。

1

◆為什麼煙火會有顏色？

★因為有「焰色反應」這種化學變化幫忙。

2

◆什麼是「焰色反應」？

★所謂的焰色反應，是把鹼金屬、鹼土金屬、銅之類的鹽類置於火中，使金屬元素產生特有的顏色反應。據說經常應用在金屬的定性分析，以及煙火的著色劑。

★不過，只要哥哥陪在身邊，小町的世界隨時隨地都充滿色彩！啊，這句話是要讓自己加分的！

3

◆各式各樣的焰色反應：

★小町把最常見的焰色反應通通整理在這裡——☆

- 鋰——深紅色
- 鈉——黃色
- 鉀——淡紫色
- 鈣——橙紅色
- 鍶——深紅色
- 鋇——黃綠色
- 銅——藍綠色

其他還有氯化鈉，亦即鹽，一樣會產生顏色喔！而且便利商店就買得到鹽，還有卡片可以累積點數。啊，這句話是要讓 TSUTAYA* 加分的！

＊指 Tpoint 集點服務，可以透過消費累積點數，並能在合作企業中使用。

1 突然間，比企谷家的日常不再安穩

我趴在家中地板上，喀噠喀噠地敲打筆記型電腦的鍵盤。

自由研究到此已經寫得差不多，接下來把格式調整一下即可。

但老實說，這份自由研究並非我的作業。高中生的暑假作業是數學練習題，而且我早已把答案全部抄上去，三兩下便解決。反正我的目標是私立文科大學，根本用不著念數學。

這份自由研究其實是舍妹小町的作業。

說到小町，她正為了抒解念書衝刺的疲勞，躺在我身旁跟愛貓小雪玩耍，一會兒把牠舉得高高的，一會兒又在肉球上捏啊捏的。

這傢伙……人家可是在幫妳寫作業耶……要不要我也在妳的肉球上捏個幾下？

好吧，畢竟我也希望她專心念書，這種程度的東西就由我來分擔。大家總是說，作業不自己做便沒有意義，這固然是常識，也非常正確，不過以妹妹的情況來說，那種常識根本不管用。

管他是倫理還是理論，有什麼了不起？「妹」字寫成左邊一個「女」，右邊一個「未」。換句話說，她是才剛起步、未來一片大好的女性，最後也將成為所有女性的終末。她是阿拉法，又是俄梅戛（註1）。

既是原點，也是終焉，說是一切女性的最終進化型態也不為過。立於一切女性的頂點，即代表在全人類中不是第一就是第二。我根本不可能忤逆這種人，「妹妹最強」理論於焉成立。

如此這般，小町的自由研究幾乎都是我幫忙做的……等等，到底是「哪般」？總而言之，使喚別人幫自己把事情做好、培養能充當幫手的人脈，不也算是學習的一環嗎？

我想著這些有的沒的事，同時喀噠喀噠地繼續敲打鍵盤，愉悅地完成這份亂七八糟的報告。

好，最後只剩打上小町的名字。

我用力敲下 Enter 鍵存檔後，把筆記型電腦推給小町。

「寫完了，妳仔細看一下吧。」

「嗯～～」

小町翻過身，挨到我的旁邊。

註1 出自聖經啟示錄，「阿拉法」和「俄梅戛」指的就是首先和終末的意思。

她一邊盯電腦螢幕，一邊「嗯、嗯」地點頭。接著，她突然停下動作。

小町緩緩開口，發出我至今聽過最低沉的聲音，她臉上燦爛的笑容相對之下顯得格外恐怖。

「……哥哥。」

「請問這是什麼？」

「就、就……我想要寫得比較像小町的口吻……」

我不禁回答得支支吾吾。小町聽完，肩膀開始抖動起來。

「像小町的口吻……原、原來小町在哥哥心目中是這個樣子……震驚！小町太震驚了！」

她發出「唔啊啊」的叫聲，抱頭滾來滾去。這樣子有點可愛，我好好欣賞一會兒之後，她猛然爬起身，用力指著我說：

「不對！那一點也不像小町！尤其是最後兩句，完完全全是哥哥的樣子吧！」

啊，果然不行嗎……雖然我先前便多少有點預感。不過，聽她那麼說，代表前半部分寫得比較像小町吧，這點反而讓我驚訝。

「我知道了，我會重寫，重寫就是了嘛。放心，我做我做。雖然這不是我的工作，但我會閉上嘴巴乖乖做的。」

「喂！不要一副底層員工自暴自棄的態度！」

小町扠著腰，氣呼呼地說著，隨後又死心地嘆一口氣發出沉吟，似乎有所反省。

「……不過，這本來就是小町的作業，接下來換小町做吧。謝謝哥哥幫忙小町寫這麼多。」

她這番態度值得嘉許，讓我不由得想好好幫她寫作業。我竟然會產生「不管多麼辛苦，答應的工作便要好好完成」的念頭，實在很不像我自己。

「嗯……該怎麼說呢？我也是寫到後半部覺得煩躁起來，所以才……抱歉，我會盡全力幫忙的。」

我一說完，小町的雙眼立刻發出光芒，像是沖繩西表島上那種傳說中的未確認生物「YAMAPIKARYAA」（註2）。若換成我們平常使用的語言，便是西表山貓。

「小町就知道哥哥一定會這麼說！小町最喜歡哥哥了！」

「好好好，我也好愛好愛好愛妳愛死妳啦。」

如同往常，剛才那句話很明顯又是為小町加分用的，我略微不耐煩地輕輕帶過。反正我都已幫她把資料查好，作業的結論總可以自己寫吧。

正當我為小町解釋資料的內容時，小雪慢吞吞地走過來，慵懶地坐到電腦螢幕前。

為什麼貓咪總是喜歡站在電視機前或踩在報紙上呢？

「小町。」

「瞭解！」

註2「ヤマピカリャー（YAMAPIKARYAA）」在當地方言中代表「眼睛會發光的山間動物」。

小町對我敬禮後，迅速展開驅逐小雪的作戰行動。

她一把抓起小雪，小雪掙扎著想要掙脫。貓咪的毛真是光滑柔順。

小町搔弄小雪的喉嚨，趁牠感覺舒服的時候開始梳毛，同時高興地哼著歌，從小雪的頭部一路輕撫到尾巴。

「呵呵呵，你這隻小貓壞壞，怎麼可以來打擾小町跟哥哥相處的時光呢☆」

「這傢伙早已是大叔的年齡吧？」

不知道小雪今年究竟幾歲。牠來到我們家大概已有四、五個年頭，如果換算成人類年齡，應該會跟平塚老師差不多。真想把這隻貓介紹給平塚老師。

我把自由研究報告的成品交給小町，接下來總算可以忙自己的事。

時鐘上的短針即將指向十一點，我下午要去參加補習班的暑期衝刺營，所以得先做好準備。

我簡單換好衣服，這時家中的對講機正好響起。

是我在亞馬遜上申請重新寄送的東西到了嗎？你們專挑我不在的時候送東西來，難道是忍者不成？

我拿著印章打開門，結果看到一個意想不到的人物。

「嗨、嗨囉！」

由比濱結衣頂著染成棕色的丸子頭，身穿夏季服裝，雙手捧著一個提袋呆站在門口，彷彿在提防四周。

「啊，喔……」

面對意想不到的訪客，我有些愣在原地。兩個人陷入沉默，相互打探著應該做何反應才好。

說到曾出現在我家門口的人，大多是宅急便的大哥，或是隔壁送傳閱板（註3）來的大嬸。今天突然有個學校同學踏入這片私人空間，令我一下子難以接受。若要比喻的話，如同在水族館看到一隻瞪羚。大家都知道瞪羚應該出現在熱帶草原、動物園或《金肉人二世》（註4）裡才對。

我扶著敞開的門，故作鎮定地開口。

「有什麼事？」

這應該是由比濱第二次來我家。第一次是她在那起交通意外後登門道謝，不過當時我沒有跟她見到面。

「那、那個……小町在家嗎？」

看來她是跟小町有約的樣子。

「小町，妳的朋友來囉～」

我像母親一般叫喚後，不一會兒小町發出「咚咚咚」的腳步聲下樓，而且不知何時已經換好體面的衣服。妳不是直到剛才都還只穿著一件T恤嗎？

註3 社區裡傳達訊息的方式，將想要傳達的資料挨家挨戶傳閱，每戶人家蓋章或簽名確認。

註4 漫畫《金肉人二世》內有一名角色為「瞪羚人」。

「結衣姐姐，歡迎歡迎！來來來，請進，快點進來！」

「嗯，謝謝。那麼，打擾了……」

由比濱嘴上這麼說，但還是有點猶豫。她稍微深呼吸一下，才下定決心走進來。我家又不是什麼巨大迷宮。

她進來後，好奇地東看看、西瞧瞧。好啦好啦，妳大可不必摸那隻木雕的熊。

別人家是一種神祕地帶，也可以說是魔界。我們進入不同的文化圈時，不是會遇到文化衝擊嗎？現在的由比濱正是如此，她每看到樓梯、窗戶、牆壁這些再稀鬆平常不過的東西，都要「咦～～」、「哇～～」地大驚小怪一番，我聽得都開始不爽了……

來到二樓的客廳後，由比濱依然好奇地環視各處。她發現書櫃時，在那裡停下腳步仔細觀察，並且伸出手指滑過架子，有點嚇到似地開口：

「哇～～滿滿都是書耶！」

「爸爸跟哥哥都喜歡看書，所以數量還會持續增加喔。」

小町從廚房的吧檯旁回答。

我不認為書櫃裡有那麼多書，不過這傢伙本身不怎麼愛看書……

對比企谷家來說，客人造訪是一件非常難得的事。

我們家的父母白天都外出工作，平常又不怎麼跟左鄰右舍來往，可說是走在時代最尖端的現代化家庭。雖然我們在路上看到鄰居會點頭打招呼，但基本上彼此的關係僅止於知道對方的名字。

因此，我不清楚當客人來訪時該如何應對，萬一被說是不懂禮儀的大傻瓜也是沒辦法的。說不定未來在老爸的喪禮上，我還會拿香灰撒在他的靈前（註5）。哎呀，真是的，這樣一來，我豈不是變成偉人嗎？我再提一個無關緊要的小常識：會得意洋洋地說出「可是啊，愛迪生以前也很不會念書」這種話的傢伙，在念書之外的表現也一樣差。

「嗯……」

我拉開椅子，暗示由比濱先坐下來。

我還不習慣做這種事，所以表現得很生硬，有如在滂沱大雨中把傘借給都會少女的超偏僻鄉下少年。這名少年接下來八成會說：「你家是鬼屋！」（註6）

「啊，謝謝你。」

由比濱輕輕坐上椅子。這時小町從廚房端來麥茶，放到桌上。杯中的冰塊鏘鋃作響。

「那麼，妳是來做什麼的？」

我完全想不出她來訪的理由。由比濱聽到我的疑惑，指向自己小心翼翼抱在腿上的提袋。

註5 織田信長喪父時的軼聞。
註6 出自動畫「龍貓」的劇情。

「這是我之前跟小町提到的酥餅……」

她將提袋打開。

下一刻，某種難以名狀、冒瀆的絨毛生物襲擊而來。牠有一身棕色毛皮、圓滾滾的眼睛、短小的四肢，以及一條晃個不停的尾巴。倘若生逢其時，這種生物——狗，將會是全世界最尊貴的生物。

由比濱飼養的酥餅一見到我，馬上往這裡直衝而來。難道你把我看成狗食不成？

酥餅使出撞擊！效果超群！八幡的眼前陷入一片黑暗！

酥餅猛烈把我撲倒在地，熱情地到處舔來舔去。我好不容易把酥餅拉開舉起，牠的尾巴還在我面前晃啊晃的。

「這隻狗是怎麼啦……咦？牠的毛是不是變短？」

酥餅跟兩個月前的模樣相比，體積似乎縮水一圈。牠之前是得到獸矛的力量嗎（註7）？

「喔，那個啊。因為酥餅是長毛狗，我才帶牠去做夏季剃毛（summer cut）。」

「喔……」

不管妳要觔斗踢（somersault kick）、上鉤拳（uppercut）還是螺旋釘頭落（screw pile driver），我都沒有意見啦。

註7　在漫畫《潮與虎》中，得到獸矛力量的人會變成長頭髮。

「所以，妳把牠帶來做什麼？」

即使我把酥餅放開，牠仍舊在我的腳邊繞圈子，絲毫沒有要離開的意思。這隻狗未免太黏人，我快要哭出來了。

我用眼神示意由比濱想點辦法，由比濱開口叫道：「酥餅，快點過來。」酥餅這才靠過去。

她抱起酥餅溫柔地撫摸，繼續說下去。

「我家這幾天要出去旅行。」

家族旅行啊……真是個讓人懷念得不得了的字眼。

進入高中後，我幾乎沒聽過這方面的事，不過我本來就找不到人講這些東西啦。是的，沒有錯。

「你們家的感情真好，反觀我家……」

小町抓準完美的時間點插進這句話。由比濱聞言，戰慄地低喃：

「只有哥哥一個人被留下來。」

「不愧是自閉男……」

由比濱的語氣近乎尊敬。嘿，她看人還滿準的嘛！只不過是看可憐蟲很準。

「……不對。我國中時跟家人說不想一起去旅行，之後他們便不再帶我去。」

當時的我不是處於叛逆期，只是覺得跟家人一起旅行，有種說不出來的不好意思，所以才不跟著去。不過，老爸竟然高高興興地答應……

好啦，我爸的事到此為止，讓我們把話題轉回由比濱的家族旅行。

「所以，妳們家的旅行怎麼了？」

「啊，嗯……我是在想，出去旅行的期間，能不能把酥餅寄放在這裡……不行嗎？」

由比濱抬眼看著我問道。

儘管我是個對於大多數要求都能大聲說「不」的日本人，但看到小町笑咪咪地摸著酥餅，我實在很難沉下臉拒絕。

不過，這不代表我會滿心歡喜地連聲答應。既然大人教導我們應聲只要應一次，我不可能連應兩次。

「……妳想找地方寄放，也不用跑來這麼遠的地方吧？」

可以供她寄放寵物的要好朋友家，簡直是要多少有多少。再說，最近也不乏專門給寵物住宿的旅館。

「優美子跟姬菜都沒養過寵物啊。而且，我本來拜託過小雪乃，但是她說她目前在父母家，非常不方便……」

由比濱臉上閃過一陣擔憂，話也不再說下去。不過雪之下那麼怕狗，即使她不是回去原本的家，八成也會拒絕……啊，不對，她搞不好會說「交給我吧」勉強答應，然後緊張兮兮地拿飼料餵酥餅。

正當我愉快地想像那種畫面時，小町察覺到由比濱閉口不語，便催促她說下去。

I
葉

「雪乃姐姐發生什麼事嗎？」

由比濱支吾好一陣子，不太有把握地看向我。

「嗯，那個……自閉男，你有跟小雪乃保持聯絡嗎？」

「沒有，我根本沒有她的聯絡方式。」

我也沒有養傳信鴿，除非把信塞到瓶子裡扔進大海，否則我根本沒辦法跟她取得聯繫。我用視線詢問小町「那妳呢」，小町同樣搖搖頭。

「我傳一大堆簡訊給她，也打過很多次電話……」

「結果呢？」

「每次打電話過去，不是進入語音信箱，就是之後才回傳訊息給我……而且小雪乃回信回得很慢……內容也比之前冷淡，或者該說是不太有回應呢……我想約她出去玩，但不知道為什麼，她總是說行程很滿，排不出時間……」

「喔喔……」

她肯定是在逃避，不想跟妳見面。我國中時跟同學來往的信件內容，跟妳的情況如出一轍——我很想這麼告訴由比濱，但最後還是作罷。

因為按照由比濱的個性，她不可能沒察覺到一個人想要疏遠另一個人時的態度。她最擅長看他人臉色迎合別人，絕不會遺漏這基本中的基本。

「我是不是做了什麼不該做的事呢？哈哈哈……」

她無力地笑著。

「別太放在心上，她也可能是因為家裡有什麼大事才抽不出身吧。開學之後，自然又會回到之前那樣子。」

我脫口說出這番不符合個人作風的安慰話語。我最會像這樣說些無憑無據的場面話。這何止是胡說八道，我乾脆創一個新詞，叫做「胡說八萬道」好了。

不過，我說的不完全是謊話，雪之下家裡確實有不少問題。

那已經是兩個多星期前的事。

八月初，大家結束侍奉社的集訓，各自打道回府之際，雪之下被她的姐姐陽乃帶回原本的家。在那之後，我再也沒見過她。

唯有載走她們兩人的那輛車，閃過我的腦海喚醒記憶。

大約在一年半前，一輛租賃車使我跟由比濱捲入交通意外。我不知道當時那輛租賃車，跟那天出現在我們眼前的是否為同一輛……只是我模糊的記憶視那兩輛為同一輛車。

我沒有確切證據，更沒有任何人作證或解釋清楚。

在那樣的曖昧氣氛中，只有時間不斷流逝。

由比濱聽完我應付式的安慰，仍然放不下心。

「真、真的嗎……」

「不，我也不知道。」

「什麼啊，太隨便了～」

她無奈地笑起來。

可是，我真的不知道。

我根本不瞭解雪之下雪乃這個人。

當然，我的確理解她的外在面，例如她的名字她的長相，成績很好個性不容易讓人親近，以及喜歡貓咪和貓熊強尼，外加講話毒舌不饒人。

然而，僅此而已。

我們不能稱這種程度為瞭解一個人。如同周遭的人不瞭解我，我也不瞭解周遭的人。這一點千萬不可以忘記。

究竟要到什麼樣的程度，才能算是真正的「瞭解」……

我即將墜入思緒的迷宮時，耳邊忽然傳來煩人的狗叫聲。

狗叫完之後，這次換成另一種低沉的呼呼聲。只見酥餅和小雪正圍著小町打轉，互相威嚇叫陣。

小雪張開「不准靠過來」的結界，但是被酥餅用「小雪，我好喜歡你」的光線破壞，一貓一狗的追逐戰就此展開。小町則是樂在其中，面帶笑容看著牠們，沒有阻止的打算。

看來這種情況會持續好一陣子……

由比濱大概發現我厭煩的表情，帶著歉意說道：

「啊、啊哈哈，真對不起。我也考慮過寵物旅館，可是現在是旅遊旺季，到處都客滿了。」

「所以哥哥，現在是小町登場的時候囉！」

小町握拳敲敲沒什麼料的胸部，仰頭發出「哼哼」的笑聲。這種奇妙的信賴感是怎麼回事？妳是船長嗎？

唉……畢竟她經常跟由比濱互傳簡訊，照這樣聽來，由比濱應該早就跟她提過這件事。

「再不這麼做，暑假可真的要沒機會囉。酥餅否？」

小町輕聲說道，眼睛似乎還閃☆爍一下，但我的注意力被材木座的口頭禪，亦即那句「ＸＸ否」完全吸走。該不會是我被影響後，接著又傳染出去吧？我可不希望這玩意兒流行起來……完全犧牲。

「……好吧，小町覺得沒問題的話，我也沒意見。」

我妹妹的手腕真是圓滑，想必她也早已私下跟母親講好了。如果連母親那關都攻下，便只剩一個溺愛女兒的父親。

在比企谷家，長子沒有決策權。家庭成員的階級從上到下為母親、小町、老爸，最後才輪到我。對了，位於階級頂端的，當然是那隻貓咪大人囉！那傢伙只會把人類當僕役使喚。

「如果只是要照顧酥餅，我沒意見。牠都吃哪個牌子的飼料？VITA-ONE？FRONTLINE？應該不至於是寶路吧？我們可不是那種上流家庭喔。」

「你怎麼那麼熟悉……等一下，FRONTLINE是除跳蚤的耶！總覺得不太能放心……」

由比濱萌生退意，臉上滿是擔心的表情。小町回以微笑，化解她的不安。

「不用擔心，小町家以前也養過狗。」

「真、真的嗎？」

「沒錯。」

小町說的沒錯，但那是好久以前的事，我的記憶早已模糊，何況當時幾乎都是父母親跟小町負責照顧。

由比濱聽了，露出帶點暖意的微笑。

「喔～～有點意外呢。」

「哥哥喜歡貓也喜歡狗，唯一討厭的只有人類……」

我是初代靈界偵探（註8）嗎……

不過，小町所言絕對稱不上錯誤。我的確不討厭狗和貓，真要說的話，應該可以算是喜歡。

其中我又特別喜歡貓。

各位，我喜歡貓！各位，我最喜歡貓了！我喜歡美國短毛貓，我喜歡花貓，我喜歡斯芬克斯貓，我喜歡布偶貓，我喜歡美國卷耳貓，我喜歡蘇格蘭摺耳貓，我喜

註8　指《幽遊白書》中的角色仙水忍，他對人類抱持怨恨之心。

歡波斯貓，我喜歡新加坡貓，我喜歡俄羅斯藍貓。

我喜歡小巷裡、稻草貓屋裡、攀爬架上、冰箱上、床底下、陽台欄杆上、紙箱中、紙袋裡、人類的背上、棉被裡……一切存在於地球上的貓！

……話說回來，我絕不能原諒虐待動物的傢伙。我希望不珍惜生命的傢伙通通死掉。我最討厭不珍惜生命的傢伙！

我正在心裡發表怎樣都好的偉大演說時，忽然聽到由比濱輕聲一笑。

「那麼，我就放心了，反正我家的酥餅好像很親近你。」

「妳最好別抱太高的期望。跟照顧人比起來，我更擅長被人照顧。妳可以叫我職業級小白臉。」

我已經被包養十七年，腦中早已想不出其他生活方式。要是青春期這段建立人格的重要階段在包養中度過，之後便沒辦法矯治吧。

我如此回答由比濱，同時對躺在一旁、把肚子翻過來的酥餅搔搔弄弄。下一秒，酥餅又被小町抱走。

「沒關係，請把酥餅交給小町！小町會讓牠過不了多久，就變得沒有小町便活不下去！」

看來小町是打定主意要橫刀奪愛。

「那樣我會有點困擾……那麼，麻煩妳了。」

由比濱的臉上仍然有些不安，但她還是行一個禮，然後翻手看向腕錶。

「啊，我差不多得走了，不能讓媽媽他們等太久。」

「那麼，小町送結衣姐姐下樓。」

我側眼目送兩人走下樓梯，把手伸進由比濱留下的提袋中摸索。裡面除了狗食，還有一堆寵物用品，可說是應有盡有。順帶一提，由比濱用的狗食品牌是SCIENCE DIET。搞不好連這隻狗都過得比我健康……

酥餅在房間內四處亂繞，不停嗅嗅聞聞。啊，對喔，因為家裡還有一隻貓，酥餅才會對牠的氣味產生反應。

至於我家的貓小雪，不知什麼時候已經逃到冰箱上，帶著疲倦的眼神觀察底下的我跟酥餅。

牠應該不是討厭酥餅，也不是沒有興趣，只是因為不知該如何相處而產生戒心保持距離。

我認得那種主動退一步、拉開距離的眼神。

那天是由比濱的生日，所以我記得很清楚。

連日梅雨之後，那天難得放晴。在紅如罪孽的夕陽映照下，一名少女露出寂寞的笑容。

當時，她似乎畫出一條用以區隔的線。

區隔同為受害者的我們，以及非受害者的自己。

那條線究竟分隔出什麼？
現在，我終於逐漸明白。

One day...
Mobile talk
Hachiman&
Yui

yui's mobile

FROM ☆★結衣★☆ 19:23
TITLE nontitle
▽･w･▽晚安汪！酥餅過得好嗎？

FROM ☆★結衣★☆ 19:48
TITLE Re2
不是說不用表情符號的話，很像在生氣的樣子嗎（｀･ω･´）？

FROM ☆★結衣★☆ 19:55
TITLE Re4
長處……身體（´･ω･`）？

FROM ☆★結衣★☆
TITLE Re6
等一下！剛剛的不算！∑(ﾟдﾟ|||)

FROM ☆★結衣★☆
TITLE Re8
腳（｡╹ω╹｡)！

FROM ☆★結衣★☆ 20:01
TITLE Re10
你的表情符號真讓人火大！(＊｀ω´)

hachiman's mobile

FROM 八幡 19:45
TITLE Re
才一天而已，不會差到哪裡去啦，妳保護過頭了。

FROM 八幡 19:50
TITLE Re3
誰要用那種東西？還有，要怎麼照顧這傢伙？有沒有什麼要注意的地方？要是不先瞭解牠的長處跟短處，我們也很難應付。

FROM 八幡 19:55
TITLE Re5
再見。

FROM 八幡 19:58
TITLE Re7
不然，短處呢？

FROM 八幡 20:00
TITLE Re9
白痴＾＾

2 不出所料，川崎沙希早就被遺忘

暑假的午後，電車上的乘客比平常稀疏。

我在幾站之外的津田沼站下車，穿過驗票口往右轉，鑽進稀落的人潮中直行。

「佐佐木升大學」的津田沼分校為高二學生開設暑期衝刺營。認真意識到升學考試的學生，從這個時期便開始用功念書。

不過說到底，大家畢竟還是高二學生，因此仍帶著些許從容的氣息。

進入高三之後，這種氣氛想必會緊繃許多，還有學生在課堂上打瞌睡而被趕出教室。我在網路上看過有人被趕出教室後，又被帶進某個類似會客室的地方，不僅遭到上課的老師臭罵一頓，帶班的導師也半暗示他「要不要換去其他班級」。

以高二學生為補習對象的私立明星大學班顯得一片悠閒。

這一門課程以五天為單位，五天複習英文和國文這兩個科目，另外五天則任選一個社會科科目。

我先前已經上完社會科的課程，今天開始要進入英文和國文部分。

教室裡沒有任何人察覺我走進來，於是我挑了最靠近門口的前排位置坐下。

基本上，後方座位一向是貴賓席，專門保留給聲勢最浩大的團體。坐在他們那一區是相當痛苦的事，因此我一向挑選最前排或中間排的位子。前排位置的左右兩端容易變成死角，所以獨行俠更應該選擇那一帶。雖然上課時多少會看不清楚黑板，但會讓人比較容易專心——應該說根本不會有人來找我講話，我當然只好專心上課。這樣一想，反而是一件好事。

我就座後，立刻準備好上課的教材和筆記，托著臉頰發呆，等待上課時間到來。

三五成群來上課的好朋友們正高興地談笑。

等到明年夏天，那種和樂融融的氣氛想必會消失無蹤。

過去考高中時也是如此。

大家在背地裡惡意說取得推薦資格者的壞話，詛咒篤定考取學校的人——我幾乎可以確定，升上高三之後，這些事情都會再上演一次。然後再過四年，大家開始找工作時，依然無法避免這個循環。不論經過三年，甚至是七年，人類的本性絕不會改變。

現在先把過去的種種擱到一邊，眼前的現實才是重點。我的首要目標是大學入學考試。

提早開始準備的人，今年夏天便會進入升學作戰計畫，隨時準備按下按鈕。當前的目標是中心考（註9），將目標置於中心，按下按鈕……將目標置於中心，按下按鈕……將目標置於中心，按下按鈕……正當我用空虛的眼神模擬升學考試時，視線一隅出現一個人影，使我瞬間回過神來，有如被怒叱一句：「笨蛋！爆炸的煙塵把敵人遮住了！」

這個人把黑中帶青、長到背部的頭髮紮成一束，修長苗條的身材讓人不禁多看幾眼。她身穿七分袖T恤，搭配丹寧材質的短褲和內搭褲，肩上垂掛一個背包，有氣無力地踩著涼鞋在地面拖行。

她從我身旁經過時突然停下腳步。我感受到那個人動作間的不自然，而把視線移過去。

「……你也來上課啦？」

對方用疲倦的聲音向我搭話，並且投來冰冷的視線，目光不甚友善的眼睛下有一顆愛哭痣。

總覺得這個人有點眼熟，不過到底是誰……

「我姑且先跟你說一聲謝謝。」

我完全不知道對方為何道謝，但她肯定沒有認錯人。因為除非有什麼重大事情，通常是不會有人來找獨行俠說話。

「多虧你的建議，我申請到獎學金，現在跟大志也處得還不錯。」

註9　由日本大學入學考試中心辦理的測驗，於每年一月舉行。

聽到大志這個名字，我心中湧起一股既討厭又熟悉的感受。我翻開「絕不原諒名單」逐一比對，發現「川崎大志」這個人名。喔～這不是想接近小町的害蟲嗎？

所以，眼前這個人跟大志有關係？

我再看一眼她黑中帶青的長髮，這才猛然驚覺——

是藍色波形！川……川越？川島？川原木……算了，名字是什麼不重要，反正她叫川什麼的就對了！

那一頭長髮真是藍得徹底，我不禁聯想到GAGAGA文庫（註10）……

「沒什麼，那是妳憑自己的力量申請到的獎學金。」

我暫且先配合話題，利用這段時間想起對方其實叫做川崎沙希。

「是沒有錯，不過大志開口閉口都在談你的事……算了，反正我已經跟你道過謝。」

川崎像是在履行某種義務，說完這句話便逕自離去。

雖然表現得很冷淡，不過川崎沙希正是這樣的女生。她不主動結交朋友，選擇獨來獨往，還散發出些許不良少女的氣息。

在我看來，這樣的人會主動開口搭話，態度上已經可說是柔和許多。我對川崎的變化感到好奇，忍不住看向她逐漸離去的背影。

她走到我的座位後面三排處，一坐下便拿出手機進行手指運動。看她那個樣

註10 日本小學館GAGAGA文庫的書皮皆為藍色。

子，大概是在傳訊息。

這時，川崎倏地露出笑容。

……什麼嘛，原來她也有這種表情啊。平時明明那麼懶散，又充滿攻擊性，或者該說是霸氣十足，我在學校根本不可能看到那樣的表情。但是話說回來，我在學校對她沒什麼印象。獨行俠之間的基本守則是互不干涉。

我懷著發現新大陸的心情多看她一會兒，結果兩人突然對上視線。

川崎羞紅臉頰，惡狠狠地往我這裡瞪過來。天啊！這個人太恐怖了！我的肩膀完全僵住啦。

我勉強扭動脖子，努力逃離川崎的視線。

不行，那傢伙一點也沒變柔和！妳都來上補習班了，好歹給我圓融一點！趕快把僵化的腦袋磨圓（註11）！

× × ×

英文課程結束後，進入短暫的休息時間。我下樓到自動販賣機買一罐ＭＡＸ咖啡慢慢啜飲，再回去原本上課的教室。

教室裡的其他學生有的在玩手機，有的在看書，有的在跟下一堂課使用的現代

註11 原文這段話，同時是日本一套題庫的名字。

國文教材大眼瞪小眼。

大部分學生都是獨自一人。這種由獨行俠占多數的光景，跟平時的校園可是大不相同。

同時，也跟我國中時的補習班完全不同。

說穿了，當時的補習班只是學校的延伸，原本在學校便找不到歸屬的人，進入補習班仍然得接受那樣的待遇。即使是在上課期間，那層人際關係照樣持續下去，使我陷入異常的煩躁。

因為這個緣故，我決定奮發拚進程度更高的班級。隨著我來到的班級程度越高，教室內越來越清靜，課程內容和學生素質也越來越好。

如今回想起來，我甚至覺得他們是為了尋求安於低程度班級的理由，才跟一群人混在一起。

那種人以友情為藉口而放棄努力，為了友情選擇安逸的環境。熱戀中的國中生說什麼要考上同一所高中，配合對方的程度降低自己的志願學校，即為典型的例子。

我當時在教室聽見那般甜言蜜語，都忍不住要打哆嗦。

如果真為對方著想，更不應該妨礙、寵溺對方。他們不過是為了耽溺於慵懶的日常生活，才選擇輕鬆的道路。

要是讓我聽到那對情侶升上高中後，連兩個月都不到便分手，我不只會捧腹大笑，還會笑到滿地打滾，甚至懷疑自己是不是得了腹膜炎。

嗯？你會說那是年少輕狂，然後肯定那番作為嗎？

我站在旁觀者的角度，看多了這類案例，因此完全不相信那種膚淺表面的友情與愛情，也不信任以自我犧牲為藉口，還自己陶醉在其中、充滿欺瞞的溫柔。

從這方面來說，升學補習班便是個良好的體系。

這個地方把跟念書無關的事情徹底排除，學生之間適度地互不干涉、不關心彼此，以期發揮最理想的效果。在我國中時參加的補習班，講師跟學生都想打成一片，結果讓我吃盡苦頭……老師直接用名字稱呼大部分的學生，唯獨是用姓氏稱呼我……

再說，如果學生希望在升學補習班內跟講師打成一片，還是可以辦到。這裡設有導師制度，不過說穿了，只是念大學的大哥哥大姐姐們在補習班打工，提供學生各種幫助，範圍不侷限在課業上的問題，還包括未來出路之類的一對一輔導。若想要演一齣以大學考試為主題、賺人熱淚的師徒肥皂劇，這裡絕對是首選。

基本上，升學補習班內的氣氛偏向拘謹嚴肅，甚至還可能讓人覺得冰冷，這對我來說是非常舒適的環境。

儘管如此，像葉山那樣的集團依然存在。那群高中生八成是揪團一起來上課，直到老師進來之前，他們都吵吵鬧鬧地聊得好不開心。

現實充（笑）還真是到處都看得到，如果做一張這種生物的分布圖，肯定會跟藥丸蟲或海蟑螂一樣壯觀。這種生物滿地都是，我真搞不懂為什麼有人想向他們看齊。

真是的，煩死了……夏天是他們活動最旺盛的季節，連這一點都很像昆蟲。對討厭昆蟲的我來說，夏天是非常難受的季節。

× × ×

下課時，一種上完補習班之後特有的虛脫感襲上我的身體，這代表我在九十分鐘的課程中相當專心。

用功後的疲勞不同於運動後那種暢快的疲勞。念完書之後，會覺得腦中籠罩著一層溼溼黏黏的濃霧。如果腦中的葡萄糖消耗殆盡，又不快點補充ＭＡＸ咖啡的話，後果可能變得不堪設想。利根可口可樂（註12）不妨應景推出應考商品，應該能賺不少錢喔！

今天的課程結束後，我迅速收拾東西準備回家。

這是獨行俠在一天當中最有精神的時候。

值得慶幸的是，以一個鬧區而言，津田沼發展得有聲有色。這裡有很多書店和電玩遊樂場，高中男生來到這裡絕不會感到無聊。

正當我在心裡盤算著回家的路上要繞去哪裡逛逛時，有人敲了敲我的桌子。

註12　可口可樂裝瓶公司，銷售區域為千葉、栃木、茨城三縣。

我轉向聲音發出的地方，看見滿臉不悅的川崎沙希。怎麼啦？有事情找我就出個聲嘛，難道妳的父母親是啄木鳥不成？

「……什麼事？」

川崎散發出「給我仔細聽好」的氣息，於是我決定乖乖聽她說話。川崎輕嘆一口氣，像在猶豫要不要開口。這是怎樣？如果不想說，就不要來找我啊！妳到底是要說還是不說？

「我問你，你接下來有事嗎？」

「接下來喔……不太方便。」

我下意識地搬出拒絕別人時的慣用句。只要受到邀約，我一律打安全牌，先回絕再說。這幾乎已經成為我的本能。這個道理如同「不要接聽陌生號碼的來電」，是當今社會的基本常識。

十之八九的情況下，對方聽到我的回答，都會說「喔～這樣啊」，然後迅速打退堂鼓。不過，見到對方退得那麼乾脆，令我不禁覺得他是單純基於社交禮儀才來邀約。老實說，對方聽到我拒絕時，好像反而鬆一口氣。所以請大家務必注意這一點，我認為人們偶爾也需要「不提出邀約」的溫柔。

然而，川崎沙希不像是基於社交禮儀前來邀約。說得更正確些，我不認為她具備那種社交禮儀。即使她面對雪之下和平塚老師時，也絲毫不退縮，總是大剌剌地說出自己想說的話。

川崎瞇細帶著倦意的雙眼。

「什麼事不太方便？」

「沒有啦，就是……我妹妹那裡有些事……」

我逼不得已，搬出小町當擋箭牌。川崎聽了，略微點點頭。

「這樣啊。那麼剛好，你能不能跟我走一趟？」

「啥？」

我要求川崎解釋清楚，但她只是慵懶地回答：

「我是沒有什麼事要找你，不過大志有些事情想問你。他現在也在津田沼。」

喔……我懂了，原來她之前打簡訊是要傳給大志。那她打到一半突然像那樣笑起來，是不是代表有戀弟（Brother）情結呢？嗯，她看起來的確對胸罩（Bra）有某種情結。大尺寸裡面不會有什麼可愛的東西，這是我貧乳的妹妹說的！

「抱歉，我沒有理由花時間在妳弟弟身上。」

「不過你妹妹也跟他在一起。」

「喂！所以我們要去哪裡？近不近？步行五分鐘內嗎？要不要用跑的？」

這種話早點講好不好？

「你啊……」

川崎聽到的當下，露出「敗給你了」的表情，但我根本無暇顧及，直接站起身，二話不說便走出教室，川崎跟在我身後。

「你知道出去補習班後的那家薩莉亞嗎？」

「少瞧不起我。總武線沿線的薩莉亞，我可都清楚得很。」

我連創始店在哪裡都很清楚。薩莉亞創建於本八幡，雖然那家店已不再營業，但招牌如今依舊佇立。順帶一提，「虎之穴」的事務所跟物流中心其實也在本八幡，提供給各位作為補充。

我一走出補習班大門，便感受到路上蒸騰的暑氣。空氣停滯不流動，從頭頂上灑下的陽光在溼氣中產生歪曲。

現在是課堂之間的空檔，補習班和車站間來往的人們彼此交織，使這個區塊的人口密度一口氣提升許多。

我跟川崎在路上沒有多談什麼，只是在人潮中穿梭前進。我大部分的時間都是單獨行動，所以對挑選空的地方行走這點非常在行。接下來是我隱形小企一枝獨秀的表演時間（註13）！

小町跟那隻害蟲就在這附近的薩莉亞。

正好，那裡有刀子又有叉子，不缺任何凶器。必要時還可以像砸派那樣，把熱呼呼的米蘭風焗烤甩到他臉上，再打上「※這些料理都由工作人員享用完畢」之類的字幕便不會有問題。我做的這一切應該都能被諒解，之後再幫他在傷口上抹辣味烤雞醬吧。

註13 出自《天才麻將少女》。

我確實感受到自己的靈魂寶石逐漸染成漆黑。糟糕，不成不成，再這樣下去我會變成魔女，還是想些愉快的事吧……「魔法少女☆小彩」還不上檔嗎？

我站在路口等紅燈，同時壓抑著迫不及待的心情。站在我後方一步的川崎說：

「對了，這麼說來，前一陣子雪之下也有來參加暑期衝刺班。」

「……喔，這樣啊。」

一聽見那個人名，我的反應瞬間停頓一拍。

印象中，雪之下想報考國立或公立的理科學校，川崎大概也報名了相同課程。其實在這個時間點還沒決定好志願學校，是很正常的事情，只是因為我的數學程度差到驚天地、泣鬼神的地步，才老早決定要考私立文科學校。至於我的將來，也老早註定要成為家庭主夫。

「那女的果然很難接近。」

這種話輪得到妳來說嗎……妳老是散發恐怖的氣息，不用說是女生，連半數以上的男生都很怕妳呢……

「為什麼要看著我？」

「沒什麼……」

她瞇細沒什麼活力的雙眼，視線投射過來，我趕緊別開目光。

我想像起雪之下和川崎在教室內的情景。她們既容易吸引眾人的注意，卻又絕不讓任何人接近。這兩人的一舉一動雖然相像，內在本質卻完全不同。

川崎的攻擊性出自無法好好溝通造成的反動，屬於典型不善言辭的類型，亦即不懂得說話技巧。這點從她對弟弟傾注的愛情，多少能夠觀察出來。

另一方面，雪之下則是沒有攻擊的意思，雖然她光是存在即可形成某種攻擊。優秀的人耀眼得令人難以直視，還會引發人們的自卑感和嫉妒心，因此，她才會被周圍的人孤立，成為惡意攻擊的箭靶。以雪之下的個性，她是直接面對那些攻擊、那些麻煩事，一一予以擊破。

如果說川崎是以威嚇作為防線，雪之下則是採取絕對報復手段。

這時，紅燈轉為綠燈。

我正要踏出腳步時，川崎不太好意思地開口：

「那個……你能不能幫我跟她說聲謝謝？到頭來，我還是一直沒有說出口。」

「妳自己說吧。」

「我確實應該自己說沒錯，不過該怎麼講呢……總覺得有點尷尬。」

她的語氣變得略微柔弱。我轉過頭，發現她低垂視線，盯著自己的腳邊走路。

「有些人即使沒做錯什麼，你也還是無法跟他好好相處吧？」

「是啊。」

的確有這種人，所以互不干涉是最大程度的讓步。為了使雙方相安無事，本來就可以選擇不介入。

人與人之間的相處，不僅限於成天要好地黏在一起、開心地聊天，或是玩得瘋瘋癲癲。如果雙方不希望憎恨彼此，保持適當的距離也是值得肯定的行為。

對川崎沙希而言，雪之下雪乃正是這樣的存在。

儘管不得不認同對方，但依然無法親近。她明白踏進彼此的領域，不會發生什麼好事，只會造成無謂的傷害，所以盡可能不跟對方接觸。這不是逃避，也不是避諱，而是非常實際的應對方式，是一種尊重的表現。

「而且，我短期內大概不會再遇到她。錯過這次暑期衝刺班的話，下次見面大概要等到開學，但我跟她不同班。不過，如果是社團活動，你最近應該很快又會見到她吧？」

「不，我也不認為自己在開學前會見到她。」

至少我不會主動去找雪之下。

仔細想想，我跟她之間的關係即是如此。只要沒有人施壓強迫，我們才不會接近彼此。再說，我也沒有她的聯絡方式。

我們穿越斑馬線，步下通往建築物地下室的樓梯，兩人的腳步聲在周圍響起微弱的回音。

「更何況，即使我們見面了，不一定要說話啊。」

「有道理，像我們平常在學校也不會說話。」

「一點都沒錯。」

不過，如果有人來跟我說話，我一定會好好回答，而且會非常有禮貌，禮貌到讓人渾身不舒服。但如果對方是跟川崎一樣的獨行俠，我自然會鬆懈下來，態度跟著變得隨便。這該說是一丘之貉嗎？

不知不覺中，我們已經進入地下一樓。

我一走進自動門，立刻發現小町坐在飲料吧旁邊的座位。她也看到我，朝這裡揮了揮手。

「啊，哥哥來了！」

「嗯。」

我簡單應個聲，坐到她身旁，正對面是名字很像佐野厄除大師（註14）的國中生。他跟我對上視線後，向我點頭致意。

「大哥，特地請你過來一趟真是不好意思。」

「不准叫我大哥，小心我宰了你喔。」

「喂，你是要跟我弟弟打架嗎？」

川崎坐在我對面，不發一語地散發出強烈怒氣。

她瞪我的眼神好凶！所以說戀弟情結真的很噁心。一想到跟自己的親人那麼親密，我便渾身不對勁。別鬧了！

大志幫忙安撫對我齜牙咧嘴的川崎時，我則利用這段時間按下服務鈴，迅速跟

註14　這裡是指「川崎大師」，音近「川崎大志」。川崎大師的正式名稱為「平間寺」，位於神奈川縣。

店員點完餐。

我多點兩人份的飲料吧。至於拿米蘭風焗烤砸臉的計畫嘛，由於川崎實在太恐怖，只好作罷。

我取來一杯咖啡，輕啜一口後，開始進入主題。

「好啦，你不是有事找我嗎？」

「關於這個，其實，我想請教關於總武高中的事。」

「這問你隔壁的姐姐好不好？」

川崎沙希跟我念同一所高中，還是同班同學。要是不這麼提醒自己，我還真的會忘掉。

「我還是想瞭解同為男性的意見！」

大志不知為何握住拳頭，一副興致勃勃的模樣。

然而，就算他帶著滿滿熱情詢問，我也給不出什麼有價值的答案。

「我們學校沒什麼特別的。不論去哪裡的高中，大概都是那樣子吧？雖然每間學校的活動可能有些出入，像是校慶的規模或社團活動的繁盛度會有些不同。」

我沒看過其他高中的情況，所以不知道這句話正不正確，不過我的印象確實是如此。如果再把範圍縮小到日間部普通科，十之八九的高中都可以歸入固定幾種類型。除去特殊課程不談，其實是大同小異。坦白說，我自己入學前的想像跟入學後的實情幾乎相同，所以可以這麼下結論。

唯一的誤算是被迫加入侍奉社。

「嗯？可是偏差值（註15）不同的話，不會影響校風嗎？」

小町疑惑地歪著頭問道。

「偏差值越高，不良學生應該會越少沒錯，但也是有人對不良學生抱持憧憬。」

說到這裡，我瞄向斜對面。川崎察覺到我的舉動，用力瞪了回來。

「為什麼突然看過來……我才不會憧憬。」

我搞錯了嗎？總覺得她是個會說出「別打臉啊！記得打身體，身體（註16）」這種話的人，所以下意識地……

我震懾於川崎的視線，輕咳一聲掩飾過去，然後回到原本的話題。

「總之，國中跟高中的差別，只在不同類型學生的構成比例。大家都開始『表現得像個高中生』，所以變得很麻煩。」

「『像個高中生』啊……」

大志不是很理解，把頭偏到一邊。

「我不知道你在期待些什麼，不過大部分的人只是嚮往故事中不切實際的『高中

註15　指學力偏差值，將原始分數用全體平均和標準差得出的正規化數據，用以判斷學生的程度與錄取大學的機會。

註16　這是電視劇「三年B班金八老師」中，學生山田麗子的台詞。她唆使一大群人對同學動用私刑，但自己沒有動手。

生』形象，為了讓自己更像他們，才集體演一齣戲。事實就是如此無情。」

我相信不論到什麼地方，都存在「高中生應該怎麼做」的不成文規定，例如以下這樣：

高中生守則：
一、高中生應當有交往對象。
二、高中生應當有大量朋友，吵吵鬧鬧的像一群神經病。
三、高中生應當表現得如同電視劇和電影中的「高中生」。
違反以上規定者，將被處以切腹之刑。

要比喻的話，例如新選組，特別是土方歲三（註17）那個士道基本教義派，由於他稱不上血統純正的武士，才會對武士抱持憧憬。

如果我們希望理想更加貼近現實，便不得不在某些地方勉強自己。

舉例來說，假設男生想要受女生歡迎，即使那個人本來的個性很內向，也得學會看女生的臉色、傳一堆麻煩得要命的簡訊、抓準時機展現大方的一面，或者吵吵鬧鬧地突顯自己的存在。

另一方面，假設女生想要結交朋友，即使那個人本來走清純少女風，也得用時

註17 新選組副長，出身平民。

下流行（笑）的打扮包裝自己，勤跑每一場聯誼活動累積戰績，積極把最新的日文歌曲聽到滾瓜爛熟。

即便如此，為了不被排除在「普通」的範疇之外，為了保持跟「大家」相同的價值觀，他們還是得那麼拚命。

「嗚……總覺得聽到一堆討厭的東西……」

大志聽完我說的話，臉色不禁沉下來。

「雖然這些是我彆扭的真知灼見，但想跟大家好好相處的話，請做好付出一定程度犧牲的覺悟。」

不同於別人的生活方式固然痛苦，但跟別人一樣的生活方式也很痛苦。結論：活著真痛苦。

「哎呀，大家都喝完飲料了。」

小町大概想轉換沉悶的氣氛，哼著歌把所有人的杯子聚集起來，大概想拿去裝飲料的地方。

川崎注意到這一點，跟著從座位上站起。

「我跟妳去吧，一個人拿那麼多飲料太辛苦了。」

小町心懷感激地答應，和川崎一起走向飲料區，我心不在焉地目送她們離去。

這時，大志突然想起什麼，猛然抬起頭，瞄一眼遠處的小町和川崎後，把身體湊過來說道：

「咳、咳嗯……雖然這個問題有點奇怪……」

他先以這句話開場，才鬼鬼祟祟地進入重點。

「那裡的女生到底怎麼樣？可不可愛？你不覺得那個叫雪之下的女生，是個超級大美女嗎？」

喔～這才是他的重點啊。

原來他剛開始時那麼興致勃勃，是等著問這個問題。

既然被問到這個問題，我稍微思考一會兒。

嗯……真要說的話，可愛的女生確實不少……

說真的，我在學校裡只會對「可愛的女生」跟「像是被揍過的可笑外表」留下印象，所以也不記得什麼比較普通的女生。

「可愛的女生的確很多。我們學校有一班國際教養班，班上女生的比例高達九成，因此總體的女生人數當然跟著提高。順便告訴你，美少女的比例也會提高。」

「喔喔！夢想情境（SITUATION）！」

那是什麼啊？真像萬代的企業標語「夢想・創造（CREATION）」。

然而，我還有些話必須先跟他說清楚。

「可是啊，大志……」

我一個字一個字地仔細說下去。

「你媽媽應該經常這麼說吧？即使你看上一個可愛的女生，對方也不見得會看上你。」

「我、我被拉回現實了！」

大志睜圓雙眼，宛如受到一陣晴天霹靂，獲得上天的啟示，原先浮躁的心情消失得無影無蹤。

「重點是你要達到死心的境界，所謂『強求不來便放棄』、『千里之行，回頭是岸』的觀念相當重要。」

最近我還想宣揚「知己知彼，百戰百棄」的道理。

「老實說吧，你認為自己有辦法跟雪之下那種人好好相處嗎？」

「有道理……至少我辦不到！那個人好恐怖！」

這句話非常誠實，我好想送幾把斧頭給他當禮物。畢竟雪之下豈止是高嶺之花，根本是開在圭亞那高地（註18）上的花。

如果對雪之下雪乃理解得不深，的確會覺得她很恐怖、充滿威嚴，而且傲慢得要命。

我剛開始也是這麼想。嗯……如果那天在社辦的邂逅算是「剛開始」的話。

「唔，總武高中……真是可怕的地方，恐怖喔～～」

大志不禁戰慄，還不知為何操起假關西腔。我聽了有點不爽，於是決定繼續追加攻擊。

註18 位於南美洲北部，橫跨六國的高地。

「就算環境改變，你也不可能改變。那些以為升上高中後會有所改變的人，只不過是他們自己的幻想，勸你別再做夢比較好。」

首先要把不切實際的幻想毀掉！哈哈，雖然我也曾燃起一絲期待啦。不過，那種高中生活終究只是遙遠的理想鄉，教他認清現實算是我的一種溫柔吧。

「喂，不要欺負過頭喔！」

小町回來後放下飲料，敲一下我的腦袋。沒有啦～我才沒有欺負他！只是鬧他一下而已——我在心裡試著學小學生發出教人火大的辯解，不過，他們可是真的會這樣說。

「大志，你不用太過當真。與其擔心那些……你應該先想想看考不考得上吧。」

川崎坐回大志身旁，喝一口飲料後這麼說道。大志聽了，身體瞬間一震，開始嘟噥起來。

「唔……」

「有困難嗎？」

「老實說，以現在的情況而言有點吃力，所以我一直要他用功念書。」

大志被我一問，根本答不出任何話，最後是由川崎代為回答，還順便訓他一句。大志聽了，失望地垂下頭。

「嗚嗚……」

這時，換小町打圓場，為大志重振精神。

「沒關係啊，就算大志同學考不上總武高中、跟小町念不同的學校，小町還是會好好跟你做朋友喔！不管發生什麼事情，我們都是好朋友！」

「不、不管發生什麼事情都是好朋友……這、這樣啊……」

「嗯！絕對是朋友，靈長類人科的好‧朋‧友♪」

結果她竟然是來補最後一刀……

以哥哥的立場，固然感到欣慰；不過站在同樣是男生的角度來看，我開始有點同情他了。讓大志絕望到這種地步，未免太可憐。

「好啦，總之……該說是目的嗎？只要你搞清楚自己想進入那所高中的原因，不就有努力念書的動力嗎？」

大志聞言，抬起頭反問：

「目的？」

「沒錯。我不是要吹噓，但我可是打定主意要考進其他同學絕不會去念的高中，又聽說我那所國中每年只有一個人考上總武高中，當年才有辦法那麼努力。」

「的確不是什麼值得吹噓的事……」

川崎的臉上泛起苦笑，想必是她手上那杯咖啡的關係。

「對了，小町的理由是有哥哥在那裡喔！」

「好好好，我知道～」

小町抓準時機幫自己加分，我簡單敷衍過後，大志帶著認真的神情轉向川崎。

「姐姐，妳也有什麼理由嗎？」

川崎發出「喀」一聲放下杯子。

「我啊……沒有什麼好談的。」

她短暫思考一會兒，最後卻把臉別開。

不過，我多少察覺出她的理由。如果大志能夠理解，是否也能成為他用功的動力呢？

「……如果學費不要太高，又希望是國立或公立高中，我們學校算是滿優秀的。」

「你不要多嘴！」

川崎慌張地瞪過來，不過在羞紅臉頰的情況下，顯得沒什麼魄力。笨蛋，有戀弟情結的人，眼神有什麼好怕的？

大志似乎完全理解了，他「嗯」一聲輕輕點一下頭。

「這樣啊……」

進入這間學校的理由，想必還有千千百百種。

不只是川崎沙希，其他學生也一樣。

有的人沒多想什麼便選擇這裡，也有的人非這裡不念。

這些理由不全然是積極果斷的，不過，即使是消極自卑、用消去法得出的結果，只要是自己做出的選擇，便不會有問題。

「我決定了，我要進入總武高中！」

大志如此向我宣告，臉上帶有一種清爽的神情。

「那麼，加油吧。」

這是我的真心話。

可是……仔細一想，小町也想念跟我一樣的高中呢。

「……進來之後，我會好好關愛你。我是指相撲部屋（註19）的那種關愛。」

「你的殺氣都湧上來啦！」

川崎為了保護嚇到的大志，狠狠瞪我一眼。我逃離她的眼神，瞄一下發票。

「還有什麼事情嗎？我跟小町差不多要回去了。」

現在已快到晚餐時間，我從錢包裡抽出一張千圓鈔票放到桌上，起身準備離去。大志回答「好的」之後，迅速起身對我行禮。

「大哥！今天非常謝謝你！」

「夠了夠了……你剛才的表現，已經讓自己失去以後叫我『大哥』的機會。」

「重點在那裡嗎？」

小町聽著我們兩人的對話，用食指抵住下巴，不解地說道。

「嗯？可是，沙希姐姐跟哥哥結婚的話，用『大哥』稱呼也不會很奇怪吧？」

她故作輕鬆的這一番話，讓川崎激動得連忙站起。

註19　日本培訓相撲力士的組織，類似道場。在相撲用語中，關愛、照顧其實暗指嚴苛痛苦的訓練。

「妳、妳這個妹妹是、是笨蛋嗎？才、才不可能有那種事！」

走出店門口時，我聽到背後傳來這句話。確定川崎不可能聽到後，我不禁半帶苦笑地低喃：

「一點也沒錯。要是對方不願意養我，我才不會想結婚。」

「出現了！哥哥的廢柴防線！」

「喂！不准說什麼防線！」

而且那才不是防線，「請別人養我」是我的絕對防衛線。

今天，絕對防衛線也沒有任何異狀。

taishi's mobile

One day... Mobile talk Hachiman& Taishi (saki)

FROM 大志 18:05
TITLE nontitle
我是川崎大志！今天非常謝謝你！託你的福，我又有動力了！

FROM 大志 18:08
TITLE Re2
我的名字寫得很清楚耶！我是川崎大志！

FROM 大志 18:10
TITLE Re4
我是來跟你道謝的，我是川崎大志啦！

FROM 大志 18:20
TITLE Re6
雖然姐姐說不需要寄信，但我還是想好好跟你道謝。現在姐姐去洗澡，機會終於來了！我是川崎大志！

FROM 大志 18:22
TITLE Re8
怎麼不問我是誰了？姐姐洗好澡出來時都不穿衣服，讓我很傷腦筋。

FROM 大志 18:24
TITLE Re10
啊

FROM 大志 18:30
TITLE Re12
是「啊你找死嗎」的簡寫。要是你再跟我弟說些什麼奇怪的事情，小心我把你宰了！

hachiman's mobile

FROM 八 幡 18:07
TITLE Re
你是誰？

FROM 八 幡 18:10
TITLE Re3
我的個人資料怎麼外洩得一塌糊塗？找我有什麼事？還有你是誰？

FROM 八 幡 18:15
TITLE Re5
我並沒有做什麼。你到底是誰？

FROM 八 幡 18:21
TITLE Re7
喔？洗澡啊……

M 八 幡 18:22
TITLE Re9
麻煩把衣服的定義解釋清楚，內衣內褲算在內嗎？

FROM 八 幡 18:26
TITLE Re11
啊？只有一個字是什麼意思？「啊，只有穿內褲」的簡寫嗎？省略太多了我看不懂啦！

FROM 八 幡 18:44
TITLE Re13
妳這個弟控……

3 戸塚彩加的選擇意外地內行

一個男生究竟從什麼階段到什麼階段，該被稱為「男孩子」呢？來到小孩和大人的分界處，亦即所謂的青春期時，這條界線經常被提出來討論。是國中生？高中生？還是大學生？或者是年滿二十歲？甚至是開始工作之後？如果開始工作後才算脫離「男孩子」，那我將永遠是個男孩子……

不管怎麼樣，這個問題肯定很難得出答案。至少當我慵懶地躺在沙發上看動畫的此時此刻，應該還可以歸類在「男孩子」。

不過，若問看動畫的人是否都是小孩子，其實不然。在這個社會中，堂堂一個大人也會看動畫，甚至以動畫為業。因此，要是各位不購買藍光片跟ＤＶＤ，動畫便難以延續下去。到時候由於營運規模縮減，不用說是製作動畫第二期，連新作品都很難生出來，所以請大家多多掏錢支持。

話題扯遠了。

總而言之，我認為用「興趣」區分一個男生是大人還是小孩，是不可能的。

既然如此，我們又該如何定義「男孩子」？

我之所以為這個難題大傷腦筋，不是為了別的，而是出自這一封郵件：

『你好，明天有空嗎？』

我從來沒見過如此簡短，卻又能讓人心頭如此溫暖的一句話。我好想把它念出聲，甚至引吭高歌。這一行字肯定可以得獎。

昨天夜裡，戶塚彩加傳來的訊息，成為我思考「男孩子」定義的開端。

從什麼時候到什麼時候才叫「男孩子」？

用頭銜、年齡、興趣來區分都很困難，而且，這次我還得到連用「性別」區分都很困難的結論。宇宙的法則要被擾亂了。

我手邊的資料樣本數，嚴重不足以探究事實真理。

因此，我必須努力蒐集參考資料。

平常我絕不會在信中使用表情符號或小圖案，這次則是卯起來塞了　堆進去，把字數灌到直逼五百字大關。當然，我沒忘記最後要用疑問句作結。

經過幾封簡訊往返後，我全身洋溢著滿滿的幸福。因為實在是太幸福了，就算這玩意兒被列為成癮藥物都不會太奇怪。

如此這般，我跟戶塚約好要出去玩。

管那什麼讓人頭痛的大難題，通通都不重要！

×　×　×

現在已經快到我們約好的時間。

八月的太陽燦爛無比，以熱血的力量照耀大地。微溫的風直球決勝負似地吹過街道，總覺得舒適度會一口氣降低許多。

不過，我的視線捕捉到一閃一閃亮晶晶的光芒。他在人潮中發現我，朝這裡奔跑過來。看見這幅光景，我便感受到紛紛降下的純潔之心……

閃閃發亮的未來之光！一看見戶塚，我就變得超級快樂（註20）！

戶塚來了！

「抱歉，八幡！我遲到了！」

他一身男孩子的打扮，跑過來後彎腰撐住膝蓋，大大喘一口氣。

「別在意，只是我稍微早到而已。」

沒錯，我只是稍微提早三個小時到這裡，所以你完全不用放在心上。

註20　以上包含五名光之美少女的變身台詞。

「再說，你也沒有遲到，不需要用跑的吧？」

「咦？是沒錯，不過我都已經看到八幡啦。啊哈哈……」

戶塚害羞地笑著。

奇怪，明明不是陽光的關係，他的笑容卻那麼耀眼，我連忙別開視線。

「嗯……那麼，我們要去哪裡？」

我跟戶塚只在簡訊裡約好出來玩，相關細節完全沒有討論。

最後我們決定見面後再說，讓今天的行程更加充滿娛樂性。而且因為如此，我整個晚上都在思考要去哪裡玩，導致現在處於睡眠不足的狀態。

關於高中生口中的「遊玩」，我不是很瞭解具體應該是什麼樣的內容，所以也不知道該如何提議。

所幸在我們相約見面的海濱幕張站周圍，可以說是各項設施一應俱全。遊樂場、ＫＴＶ、電影院、公園，外加遙控賽車場，還有不少逛街購物的去處，在這裡完全不用擔心找不到樂子。

「嗯，我想過很多地方……」

我姑且問問戶塚的意見，他因為無法立刻給出答案而思考一會兒。

「我不知道八幡喜歡什麼樣的地方……」

他一邊說一邊低吟思考，看來他真的為了配合我的興趣大傷腦筋。老實說，願意考慮到我的人實在太稀少，所以我不自覺看得出神。

這麼一想，我認識的人淨是些自私的傢伙。雪之下不必我再贅言，其他像是由比濱、材木座還有小町，也都忠於自己的欲求。至於平塚老師，她根本只會想到自己的欲求，都快要可以推出欲求不滿女教師系列了。

話雖這麼說，可是，我這個人其實缺乏興趣到極致的地步，縱使對方那麼認真地為我著想，恐怕還是無法簡單得出什麼結論，畢竟連我都不怎麼瞭解我自己。

每次到放假期間，我大多在打混摸魚中度過，總是睡到中午才起床，起床之後，也只會往書店或圖書館跑。

出於對戶塚的愧疚，我提出一項折衷方案。

「不然，我們先到處晃晃如何？」

「嗯，好啊，兩個人一起決定也比較快。」

「兩個人一起決定」這句話有點觸動我的心弦。一直以來，大部分事情都得由我自己決定，所以這句話聽來頗有新鮮感。戶塚實在太乖巧了，我甚至忍不住想跟他一起決定我們小孩的名字。

我們漫無目的地走在午後的車站前。

但是外面熱得要命，還是挑個室內場所比較好。那麼，現在要先決定初步方向。

購物嗎……我沒有什麼特別要買的東西，跳過。遊樂場……嗯，可行，雖然不知道戶塚對什麼樣的遊戲有興趣，不過他應該不是重度玩家，說不定會喜歡推幣機跟夾娃娃機。

那麼，就去遊樂場吧。

我想到這附近的 CINEPLEX 幕張有遊樂場，便決定前往那裡。這間迷你劇院的名字很類似動畫公司 ANIPLEX，但它其實屬於角川集團。內部除了十間放映廳，還設有遊樂場和多家餐飲店。

我們進門後一路直走，來到五光十色的照明和動感十足的音樂交雜的空間。

這裡主要擺設的不是電視遊樂器，而是親身操作的遊戲機，以及射擊、音樂、推代幣、夾娃娃等機台，其他還有大頭貼、射飛鏢，可說是以活潑好動的年輕人為客群的遊樂中心。周邊一帶有許多高中大學，那些學生想必正是遊樂場主要鎖定的客層；附設的餐廳和電影院，大概是為了顧及家庭客群。

戶塚環視內部一圈後，突然停下腳步。

「怎麼回事？」

我隨著他的視線看過去，原來是今天這裡放映的電影的海報。

「原來這部片已經上映啦……」

戶塚興味盎然地望著海報，還發出「嗯……」的聲音。

「那麼，去看電影如何？」

「啊，選八幡喜歡的就好啦！」

他連忙揮揮手。

「沒關係，去看電影吧。仔細一想，這是我頭一次跟家裡以外的人看電影，偶爾這樣也不錯。」

跟別人一起看電影，是我好小好小時候的事。而且，那還是母親為了在MARINPIA（註21）好好購物，才把我和小町丟到現今已不存在的電影院。

升上國中之後，我都是一個人去看電影。反正電影院離家滿近的，剛好是外出閒晃的好所在。

戶塚閉上嘴巴，短暫思考一會兒後，不太好意思地向我確認：

「真的沒關係嗎？」

面對這種問題，我的答案只有一個。

「是啊。」

我的初體驗對象，就決定是戶塚！

× × ×

想不到戶塚選擇的是恐怖片，還真教我意外。

我們在櫃檯劃位購票，買到25E和25F這兩個相鄰的後排座位。

兩個人再買好爆米花和可樂，把票拿給驗票員查驗，接著進入放映廳。

雖然目前正值暑假，但也只有學生不用上課，一般大人還是得照常上班，所以

註21　千葉市內一家購物中心。

進場的觀眾不算很多。

可是相反的，這代表在場觀眾以學生為主，而且都是些混蛋情侶跟垃圾閃光。他們為廳內沒什麼人大呼「賺到了」，嘻嘻哈哈地高興談天。

我在那群腦袋有問題、興奮得要命的傢伙中，發現一個很像三浦的人，不過應該只是我認錯了。為什麼那種傢伙全部長同一個樣，連打扮都那麼相似？根本分辨不出來好不好！難道妳們是複製人嗎？

越喜歡強調個性並把這類字眼掛在嘴上的人，其實越沒有個性。這是一點小常識。

另外，偶爾也會出現搞錯「個性」為何物，在夏天最炎熱的時節披著一件大衣的傢伙。坐在最前排，不斷發出「呼……呼……」聲響的那隻大灰熊，即為很好的例子。

我的本能敲響警鐘，告訴我千萬不能盯著他。我決定順從本能，開始尋找座位。在電影開演前特有的寂靜和些許緊張感中，我一排一排地檢查座位編號。進場後走在前面的戶塚找到我們的座位，輕輕向我招手。他大概顧慮到這裡是放映廳，所以刻意不發出聲響。

我深深靠上椅背，把手放到扶手，顯得泰然自若又威風凜凜，頗有當上大魔王的感覺。

同一時間，扶手上多出另一種輕盈柔軟的觸感。

「啊，抱歉……」

我一聽到這句話，瞬間明白自己摸到什麼東西。是戶塚的手臂！我摸到天使啦！

「哪、哪裡！是我不好！」

我們同時以迅雷不及掩耳的速度把手縮回。

「……」

「……」

兩人別開視線後，陷入一陣尷尬的沉默。

我斜眼偷瞄戶塚，他縮著肩膀，難為情地把頭垂得很低。※可是，我們兩人都是男的。

放映廳內的冷氣很涼爽，微微傳過來的一絲暖意搔弄著我。※可是，我們兩人都是男的。

我們算好時機，不約而同地看向彼此。戶塚小聲地嘟噥：

「給你吧，八幡。」

「不用啦！我是右撇子，體重都集中在右邊！一點也沒有關係！倒不如說左手只是輔助！」

我已經語無倫次，編出一個不知所以然的理由。

戶塚聽了，咯咯地笑說「你真奇怪」。

「不然，我們各放一半吧？」

最後他這麼提議，小心翼翼地把手放到扶手上，不多不少正好是三分之一的位置。

「喔，好……」

我懷著七上八下的心，把左手放上去。

啊……我的左手！我的左手真是太幸福了！

地球　和平　萬歲。

如果世界是由一百個戶塚所組成，絕不可能發生戰爭，武器商人也會跟著失業。我感覺到精神不再緊繃，有如薰衣草發揮出效果。

多虧如此，每次電影開演前，螢幕上那個扭來扭去跳著舞、看了就不爽的電影小偷（註22），今天倒是沒有觸動我的神經。

×　×　×

電影差不多進入精采的地方……但這只是我自己這麼認為，其實不清楚實際情況如何。不用說是內容，我連時間經過多久都不知道。彷彿已經過了一小時或兩小

註22　原名為「映画泥棒」。「NO MORE 映画泥棒」是全日本電影院於正片開始前播放的宣傳短片，提醒觀眾不可在場內盜錄。

時，但也有可能才開始十分鐘。

快樂的時光總是過得特別快，根據我的體感時間，目前連一個小時都不到。隨著每個人的主觀認知不同，對於時間的觀念也會產生變化。

「哇啊！」

一個穿著白色連身裙的3D亡靈飛出螢幕，戶塚嚇得抖動一下肩膀，稍微揪住我的衣服。

哇，嚇我一跳……哎呀～他實在太可愛了，讓我嚇得差點心跳停止……被嚇到的戶塚真是可愛。戶塚真可愛。

接著，身穿白色連身裙的亡靈面目猙獰地匍匐過來，讓戶塚倒抽一口氣，甚至發出微弱的驚呼聲。

天啊，這部片實在太恐怖了。再這樣下去，我何止是偏離正常道路，根本要把戶塚路線全部攻略完畢。好恐怖！要是他太激動而緊緊抱住我，我可是會嚇到站不起來。不過在那之前，我八成得先遮掩自己的下半身。

我的心臟發出悲鳴，血液有如奔騰的濁流。為了以防待會兒發生什麼萬一，最好先把ATM準備好。咦？那東西是不是叫ETC才對？還是EVA（註23）？算了，不重要，反正電影快演完了。

我隨意環視放映廳內，盡量避免把注意力放在戶塚身上。其實我本來是想數質

註23　正確名稱是AED，自動體外心臟電擊去顫器。

數讓自己鎮定下來，但是非常不幸，我是以私立文科大學為目標的男人，連0算不算質數都不知道，所以只好作罷。

放映廳內的冷氣溫度偏低，再加上四周一片漆黑，的確是最適合觀賞恐怖片的地方。

最後，電影在我完全不知道在演什麼的情況下，開始打出工作人員名單。

我跟戶塚乖乖看到最後，才一同從座位上站起來，品嘗著這部片的餘韻，慢慢步出電影院。

「真是快樂！我一直在大叫，喉嚨都乾了。」

「是啊，我也覺得口渴呢。」

因為某種緊繃感，我不只是口渴，連肩膀都變得僵硬。

我們隨著散場的觀眾走到出口，步下通到外面的樓梯。

太陽終於不再高掛天空，隱沒到建築物的背後，涼爽的風吹過陰影處。

「要不要找個地方休息一下？」

我指著樓梯底前方的咖啡廳詢問，戶塚點頭贊成。

雖然也有一些散場觀眾同樣選擇去咖啡廳，但店裡的雙人座還是相當足夠。我們進入店內，迅速在櫃檯完成點餐。

「嗯……我要冰咖啡。」

「啊，我也一樣。」

「唔嗯，我也是冰咖啡。」

三個人都點冰咖啡，所以不用等多久便拿到飲料。我們帶著各自的冰咖啡，坐到附近座位。

喝咖啡的步驟：第一步，直接品嘗原汁原味的黑咖啡，享受咖啡本來的香氣和風味。苦澀的口感直達腦門，我在剎那間完全清醒過來。第二步，加進奶精和糖漿，調製成所謂的黑咖啡RX。嗯，甜甜的，真好喝！

滋潤喉嚨後，我們三個人發出「呼」一聲，舒服地吁出一口氣。

咦？三個人？

「……等一下。」

「咦？」

「唔？」

就是你啦！還在唔什麼？

一個身披大衣、像熊一樣的可疑人物，大剌剌地坐在我們面前。嗯，這應該不是我的錯覺。

「請問，你哪位啊？新木場同學嗎？」

「八幡，他是材木座同學啦。」

戶塚竟然認真回答我的問題……

「好吧，我不管你是木材還是木村屋還是什麼，你是從哪裡冒出來的？或者說你是哪一類的米蟲？」

再不然，是鰹節蟲嗎？

材木座用吸管「嘶～～」地吸一大口飲料，然後抬起頭來。

「唔嗯，我在電影院看到你們，本來想上前打招呼，結果就一路跟過來。嗯，看來我今天這件光學迷彩也是狀態絕佳。」

「我看只是大家裝作沒看到你而已。」

不過我沒注意到他，是因為眼中只有戶塚。

「好久不見，材木座同學。」

「唔、唔嗯，咕哈哈哈哈！」

材木座聽到戶塚對自己打招呼，緊張地大笑起來。話說回來，戶塚能自然而然地接納材木座，真是了不起……不過，他既然能跟我這種人聊天，當然也能跟材木座對話。

「你也看了那部電影嗎？」

「唔嗯。可惜今天這部片拍得很失敗，日本恐怖片特有的陰溼感蕩然無存，不知是否該說沾染上美式風格，為了迎合大眾而失去高尚感，真是一部悲哀的爛片……喔！就我個人的情況嘛，因為我自己比較特別，雖說會看恐怖片，但我不把那些電影視為所謂的好萊塢式大眾娛樂，而是當成一部文學作品欣賞，這大概是受小泉八雲的影響吧。噗哈！一不小心便賣弄起艱深知識。哎呀～真是失禮失禮咕呵呵呵！

在下好像把自己說得像個御宅族，但在下才不是什麼御宅族咕呵！」

你又發作囉……

中二病患者總是懂一些神祕學的相關知識，這點實在很讓人頭痛。除了文學領域的小泉八雲跟泉鏡花之外，他們對柳田國男、折口信夫等民俗學領域的知識也略有涉獵，但是不賣弄一下彷彿會死的個性實在很悲哀。

材木座說到後半部時，我已完全是左耳進右耳出，但戶塚仍耐心地聽到最後。戶塚實在太溫柔了，即使那種溫柔需要收費，我都不會覺得太奇怪。

「嗯～不過，我滿喜歡那種風格的。」

「唔嗯，我也很喜歡。」

「咦！」

材木座的態度竟然在瞬間產生一百八十度的大轉變。那速度之快，我還以為是一道光掠過。

「你真厲害，立場說變就變，跟那些政客有得拚……」

「住嘴！八幡，你怎麼看？」

「先不論有不有趣，至少看得出是大手筆製作，而且劇情很容易懂。」

畢竟我在電影演到一半時，只顧著注意戶塚的情況下多少都能瞭解劇情。

「嗯。幽靈『轟』地蹦出來的那一幕很震撼，我真的被嚇一大跳呢！差點以為自己的心臟要停了。」

現在我才覺得自己的心臟快停了。看戶塚誇張地揮舞雙手重現電影場景，努力想表達那個場面有多恐怖，我便覺得自己的心臟隨時會負荷不住。

「不過，對於失去恐怖這種感情的我來說，那根本不算什麼。真要說的話，那個『不能說出名字的人』還比較恐怖。」

材木座說到一半，身體突然顫抖起來，宛如回想起佛地魔有多恐怖的馬份。除了雪之下，我想不到第二個能讓這傢伙恐懼到如此地步的人。

「喔，沒錯，的確是雪之下比較恐怖。」

「八幡，你那樣說很傷人耶，雖然我剛開始也、也覺得有點恐、恐怖啦……」

戶塚原本不悅地鼓起臉頰要數落我，但後半部的聲音微弱下來。

「她那麼認真，做事又一板一眼，所以會覺得很恐怖吧。」

「還有一個理由是她太坦率。我從來猜不到自己會被她罵成什麼樣子。」

其實不論是看電影還是其他東西，即使大家看著相同的事物，也不會產生相同的感想。

我們有可能產生類似的感想。

然而，「類似」這個字眼正是我們的感想有所不同的證明。

我們永遠只會看自己想看的事物。

對電影的感想也好，對人的觀感也罷，世界上有多少人，便會有多少種解讀。

因此，那些「我明白」、「我能夠理解」之類的話，全都可笑至極。認為自己明白什麼，本身即為一種罪惡。

然而，我們不得不裝作理解的樣子。

我們必須以對彼此的模糊認知，重新定義自己以及對方的存在，昭告天下「我理解對方」或是「我深受對方理解」。

要是不這麼做，我們自身的存在將消失無蹤。

這個道理正是如此曖昧不明。我們越是思考反而越難理解，甚至變得有如完形崩壞一般（註24）。

隨著每次崩壞，我們得重新撿拾若干資訊，再次建構自己和對方的樣貌。這不過是種擬像現象（註25），輕輕一碰便會脫落，僅是拙劣又原始的樣貌。

如果要論恐怖，這才叫做恐怖。

咖啡廳內的冷氣使我忍不住打哆嗦。我聳聳肩，讓身體不再微微發抖。

不知不覺間，玻璃杯中的飲料已經喝盡，我只好放下杯子。

這時，材木座開口說：

「不過，這是個不錯的休息方式，接下來我又能繼續專心寫稿。對了，八幡，你、你要不要看我、我的原稿？」

註24　一種心理學現象，意指人在持續盯著一個字或者一個單詞長時間後，會發生突然不認識該字或者單詞的情況。

註25　人腦容易將倒三角形辨識為人的臉，這種情況稱為「擬像現象」。

不要紅著臉抬眼瞄我，一點也不可愛！

「等你把整份稿子寫完再說。不過你還隨身攜帶喔？」

「哼嗯，這還用說。身為一個作家，不管何時何地都能寫稿是理所當然的。我隨時把筆電、pomera（註26）、平板電腦、智慧型手機這些寫作工具帶在身上。」

還真有把想得到的工具都備齊便有成就感的傢伙啊。

戶塚看向不知在得意什麼的材木座，眼神中帶著尊敬。

「所以，材木座同學總是很認真地寫稿囉？」

「我是不知道他到底認不認真啦。」

我可以百分之百肯定地說，材木座絕對沒有認真在寫稿。越是裝得像個作家、越是滿口談些創作論之類的傢伙，越是不會動筆寫作。為了避免戶塚產生什麼奇怪的憧憬，我必須先把材木座的嘴巴釘死，順便捅一把菜刀也不錯。

材木座大概是察覺到我的態度，顯得極為不悅。

「噗呼，真不好意思，我可不想聽閣下說教。我看你自己才是一事無成。」

「算是吧，我只參加補習班的暑期衝刺課程，還有做自由研究。」

「咦？有這項作業嗎？」

戶塚聽了突然緊張起來。看來他是早早完成暑假作業，然後才開始放輕鬆。

「不，那是我妹的作業。」

註26　一種簡易文字處理機，由日本KING-JIM公司製造。

「原來是小町的作業啊。八幡真是一個好哥哥呢！」

「沒什麼。如果我真是一個好哥哥，應該會要她自己寫。」

「那麼，你研究了什麼？」

「隨便把網路上找到的資料拼湊起來罷了。」

「咦？那樣沒問題嗎？」

「唔嗯～自由研究本來便強調『自由』，那種程度應該無妨。要是做得太認真，反而會讓其他人受不了。」

「沒錯。尤其小町又是女孩子，聽說還是別做得太認真比較好。」

小町提出的唯一要求是「跟別人比起來不要太醒目」。喂喂喂，我這種人要是醒目起來，可是比達爾西姆（註27）還厲害，開出這種要求未免太過分吧？若問我這個哥哥有多醒目，說是醒目到浮上宇宙都不會太誇張。

話說回來，我自己就曾經因為自由研究做得太認真，惹來大家一陣嘲笑。所以說，拜託別再把那些東西放在教室後方的櫃子展示啦。

「那種作業的確滿困難的，很難想到什麼新穎的題材。」

戶塚懷念地說道。

很少有人聽到「做什麼都可以」時，馬上能想到什麼研究內容，又不是發明小子。

註27 快打旋風內的角色，可以飄浮在空中。日文中的「醒目」跟「飄浮」皆為「浮く」。

「那正是考驗IQ的時候。除了單純的學習素養，還要測試我們的創造力。」
「既然材木座同學立志成為作家，應該很擅長吧？」
「雖然我看不出他的IQ有多高。」
「哼嗯，我其實屬於高EQ、充滿感性的類型。」
EQ即為所謂的情緒商數。
以下只是我個人的看法：在大家談論IQ時扯到EQ的傢伙，IQ一定很低，這一點屢試不爽；至於提到ET的人，則是史蒂芬史匹柏。我再補充一點，有誰提到ED的話，代表他是球王比利（註28）。
「這麼說來，還有人帶迷你四驅車來學校，說什麼要組裝……」
材木座一聽到這句話，身體便大大震動一下，而且不知為何開始冒汗。這傢伙是蟾蜍嗎？
「咦……咦咦咦？八、八八八八幡，你跟我念同一間小學嗎？」
「你也是那種人喔……還有，不要為了這點小事就變回原形！」
真要說的話，我更希望他趕快滾回去（註29）。
「我也玩過迷你四驅車喔。」
「真意外……」

註28　前巴西著名足球員，為勃起障礙（ED）治療代言。
註29　變回原形的日文原文為「素に戻る」，回家的原文為「巣に戻る」。兩者發音相同。

「咦？為什麼？我也是男生耶。」

戶塚發出呵呵輕笑。

我試著想像一下玩迷你四驅車的少年戶塚。不知道為什麼，我腦中浮現他頭戴一頂帽子，上半身穿T恤、下半身穿運動褲的模樣，當時一定可愛得要命……哎呀，更正，他現在還是一樣可愛。戶塚不論過去還是現在都這麼可愛，應該收入《今昔物語集》（註30）在學校教授才對。

「嗯呵，你絕不是我巨人G（Brocken Gigant）的對手。我可是為它裝上真的鐵鎚，正面衝突的話，一定可以把對手撞個粉碎。」

「會做那種事，代表你完全是個白痴……可惡！我、我自己也在黑蜘蛛（Beak Spider）上裝過美工刀片，沒有資格說別人……」

另外，我也在魔鬼司令（Ray Stinger）上裝了縫紉用的大頭針。

「可是，那樣很危險喔！」

聽戶塚開口斥責，我跟材木座不禁面面相覷。

「放心吧，我們只是自己玩而已。」

「誠然。獨行俠不會傷害別人，只會傷害自己。」

「不可以弄傷自己。」

「是……」

註30 日本平安時代的民間故事集。

在戶塚責備的眼神前，我誠心誠意為自己的行為反省。

「唔、唔嗯……不過，我還有辦法改造車子的性能喔！跟其他四驅車比起來，我那一輛簡直像風一樣快！」

材木座這一番豪語挑動我的神經。

「啥？你以為你贏得了本大爺那台黑蜘蛛嗎？我的黑蜘蛛有小徑單向輪、Reston海綿胎、超高速齒輪、高扭力馬達、兼具風冷和輕量效果的切割車身、應付高速過彎的穩定桿、鋁製可變式前翼導輪！這可是理論上能跑最快的配備！」

我都是自己一個人玩，所以沒實際試過。畢竟，又沒有人買軌道讓我玩四驅車，我只能自己拿紙箱做軌道，結果車子被牛皮膠帶黏住，根本無法好好跑。

材木座聽我說完，臉上泛起挑釁的笑容。

「呵呵呵，還在用鋁製可變式，你的消息真是不靈通到可悲的境界……重量將是車子的致命傷。」

「聽你在鬼扯！我的黑蜘蛛是低重心，這樣跑起來才穩，才能發揮水準！」

「喔……那敢不敢來跟我決鬥？」

我跟材木座互相瞪視，誰也不讓誰，兩人隨時有可能揮出拳頭，大喊「上吧，衝鋒號」……啊，不對，揮拳的那個是《熱血拳兒》（註31）才對。

註31「衝鋒號」的原文為「Magnum」，《熱血拳兒》中的角色劍崎順有一絕招名為「Galactica Magnum」。

我們不發一語地瞪著彼此，這時，因為旁邊插進一句意想不到的話，才打破現場的僵局。

「啊，不錯耶！我偶爾也想玩一下。我的前衛者（Avante）（註32）跑很快喔！」

「『前衛者？』」

為什麼完全是不同的世代？而且知道要選那輛車，未免太內行了吧！竟然不是主流的魔亂（Boomerang）或皇帝號（Emperor）！

……不過仔細想想，世代不同也是有可能的。

從我開始玩迷你四驅車，已經不知道過了多少歲月。不過，我依然保有那時候的熱情。直到現在，一場大雨過後，我仍會把雨傘當成劍揮舞，在虛構的世界中一次又一次拯救世界。

或許未來成為大人後，我還會想起這些往事。

即使分處不同的世代，根源的部分並不會有所不同。

因此，男孩子的時光永遠不會結束。

註32　田宮模型於一九八八年發售的四驅車。

One day...
Mobile talk
Hachiman&
Zaimokuza

zaimokuza's mobile

FROM 材木座 23:32
TITLE nontitle
唔嗯，原稿寫好了，我附在檔案裡傳給你。

FROM MAILER-DAEMON 23:32
TITLE Returned mail:see transcript for details
This Message was undeliverable due to the following reason...

FROM 材木座
TITLE nontitle
什麼？竟然換信箱了！
八幡！八幡～～～

FROM MAILER-DAEMON
TITLE Returned mail:see transcript
This Message was undeliverable
following reason...

4

非常遺憾，無人知曉平塚靜的紅線去向

什麼食物才是最強的？

咖哩？涮涮鍋？壽司？蕎麥麵？

壽喜燒？天婦羅？烤肉？還是甜點？

通通都不是。

拉麵才是最強的。

沒錯，拉麵。

對孤獨的高中男生來說，那是再熟悉不過的味道。

不知道要吃什麼的時候，腦中總會第一個想到拉麵。

放學後繞去經常光顧的拉麵店，善。

出外買東西時順便發掘新的拉麵店，善。

夜深人靜時，感覺胃部有些空虛，咕嘟咕嘟地燒一壺水，再嘶嘶嘶地大口吸麵，善。

然而，約會時跟戀人來到拉麵店——

你們別鬧了！那是禁止事項！

別窩在吧檯前你儂我儂！

後面還有人在排隊！

要放閃光，給我去你們最喜歡的星巴克，拉麵店的吧檯才不是給你們談情說愛的地方！

多少為排在你們後面快被閃瞎的客人想一下行不行？

拉麵這種食物，本來就應該一個人享用。

一直跟人聊天，不但湯頭會冷掉，麵條也會泡軟。

正因為如此，吧檯前才會設置單一座位，甚至掛上使廚房內看不到外場的布簾。一蘭拉麵設計的「味集中吧檯」堪稱拉麵界一大發明。之前曾看他們寫說已經提出專利申請，不知道申請通過了沒有。

話題扯遠了。

總而言之，最適合我的食物正是拉麵。

一碗絕頂的拉麵，足以治癒我貫徹孤傲的高尚靈魂。

沒錯，拉麵。

×　×　×

我在很尷尬的時間點醒來而錯過吃飯時間，這在暑假裡儼然已成為例行公事。

一定會有人告訴我，既然要以家庭主夫為目標，這種時候更應該自己下廚。

這樣想的傢伙太天真了。

真正的家庭主婦只會給丈夫五百圓的飯錢，然後自己花丈夫的錢好好吃一頓豪華午餐。這或許是我的偏見，但我想成為那樣的家庭主夫，並且在離婚時索討贍養費。

我立志成為家庭主夫，所以決定效法主婦們，去吃一頓豪華午餐。多虧補習班獎學金的鍊金術，現在我可是個有錢人。請叫我錢之鍊金術師。

今天中午就吃拉麵吧——做出這個決定的當下，我的胃再也無法接受其他食物。

千葉屬於拉麵的一級戰區。在松戶打頭陣之下，千葉、津田沼、本八幡等車站周邊的競爭相當激烈；最近連竹岡式拉麵和勝浦擔擔麵這些小吃級的拉麵，店面也擴展到全國。

那些大家叫得出名字的店固然讓人放心，不過吃了一陣子後，還是希望靠自己發掘新店家。

如果和其他人同行，便得配合對方的口味，或是忍不住炫耀「喔呵呵呵~我知道一家很不錯的店喔~羨慕吧」，根本沒辦法來一場像樣的冒險。

但如果只有自己一個人，便不用顧慮那麼多麻煩事，可以大搖大擺地進入店內。這種機動性正是讓我們發現新事物，讓飲食文化持續進化的關鍵。

總之，獨行俠時時刻刻願意擔任先鋒，是充滿嘗試精神的現代冒險家。

既然如此，今天去試試看住家附近沒什麼開發過的拉麵店吧。「丈八燈塔，照遠不照近」這句話說得很對，我們應該突破眼前的盲點。真是漂亮的計畫，如同反將「東京人反而不會去東京鐵塔」一軍的腦力激盪。

我搭乘公車搖晃一段路，在目的地附近的幕張海濱下車走路。

因為我放學後很有可能到這附近閒晃，心想最好開發一家新的拉麵店，所以在好一陣子之前便看上其中某間店。

我在夏日豔陽下不斷前行。

叮～～噹～～叮～～噹～～

溼黏的空氣讓我悶熱難耐，不過清脆悅耳的教堂鐘聲把它們通通吹散。

這附近高級旅館林立，也有許多婚宴會場，想必是某個會場正在舉行結婚典禮。

我感受到華麗的氣息，眾人的祝福聲也隔著牆壁傳出來。

這是我第一次遇到婚禮，所以稍微看一下。

映入我眼簾的是美如畫的幸福場面，但不知道為什麼，視線角落好像出現一塊黑色的東西……

我揉揉眼睛仔細觀察。別把心留在任何地方，在不知不覺間……就會看到全部——在澤庵和尚（註33）的指導下，我雙眼緊盯那塊黑影。

那塊影子身穿黑色衣服，獨自散發出邪惡的氣息。周圍的光線被吸收殆盡，連陽光都產生曲折。在洋溢著幸福的會場中，只有那裡聚集了近似怨恨的執念，而且還發出「通通給我去死吧，阿門」的低喃聲……

嗯，我絕對認識那個人。

「如果妳也趕快結婚就好囉～」

「下一個應該輪到小靜了吧？」

「小靜，阿姨又幫你找到好男人！這次一定不會有問題，要不要見面看看？」

「靜，爸爸已經開始為將來的孫子存錢……」

大家每對那團黑影開口，她便抽搐般地顫抖一下。靈壓……消失了？

我似乎看見什麼不該看的景象，於是迅速移開視線，假裝沒事般地繼續往前走。

然而，我無法忘記。

——當你望進深淵時，深淵同時也望著你（註34）……

「比、比企谷！」

黑色的身影突然大叫。

黑影身旁一對步入老年的夫妻聽她那麼一喊，轉過來直直盯著我。我下意識地

註33 出自《浪人劍客》中澤庵和尚說的話。

註34 出自德國哲學家尼采的名言。

向對方點頭示意，結果對方竟然也對我回禮……現在是什麼情況？我這樣算不算是見過對方家長？既然如此，只好請她負起責任跟我結婚，好好養我。

黑影回過頭，忙不迭向那對夫妻說：

「那、那是我班上的問題學生！我、我得去工作了！那、那麼，先這樣啦！」

接著，她腳踩高跟鞋，發出「喀喀喀」的腳步聲往這裡衝過來。

「比企谷！你來得正好！真是得救了！」

那團黑影——更正，近看其實是身著黑色禮服的美女大姐姐——抓住我的手，高高興興地離開現場。

「啊，那個，等……」

被一個美女大姐姐拉著手，除了乖乖聽她的話，豈還有其他選擇的道理？

我們走了好一會兒，彎過轉角進入公園後，才終於停下腳步。

「呼……總算逃出來了……」

這位姐姐輕撫自己的大胸部。

她身上的黑色宴會服順著身體畫出優雅的曲線，雪白的後頸上披著　條毛皮作為裝飾；往上梳起的漆黑豔麗秀髮，跟禮服相互呼應；和禮服相同顏色的手套下，那隻抓著我的手出乎意料地柔軟。

「請問……」

「嗯？喔，抱歉，突然把你拉來這裡。」

氣質出眾的美女對我一笑，拉著我走向公園內的長椅，然後從皮包內拿出香菸，敲敲菸塞好菸草。

這舉動跟她的外表完全不搭，像極了中年大叔。

喀嚓一聲，百圓打火機點燃香菸後，淡淡的煙霧冉冉上升。

雖然先前看到的景象跟平常落差太大，我差一點被搞混，不過，看到她現在的樣子，我百分之百可以確定——她是平塚靜，我們侍奉社的指導老師。

喔～原來只要她肯好好打扮，也會變成一個大美女啊……

「請問，您直接跑掉真的沒問題嗎？那是結婚典禮沒錯吧？」

「不用擔心，我有留下禮金。」

「不過，通常不是還有派對嗎？」

「怎麼？想不到你滿擔心我的嘛。」

「沒有啦，那可是認識異性的難得機會……」

「……呵，那是我表妹的結婚典禮，我根本不是重點。」

平塚老師哀傷地移開視線，叼著香菸口齒不清地說道。

「其實我本來就不太想去。我比那些表親年長，他們會對我有所顧忌；其他阿姨只會跟我講一些有關結婚的話題，父母又那麼嘮叨……付了禮金還得聽那麼多人說教，怎麼想都不值得……」

她說完，連同嘆息吐出一口好長好長的煙霧，並且捏爛手中的香菸。

聽到這些話，我也沒辦法說些什麼……

經過一段短暫的空白，她重新振作起精神對我問道：

「你跑來這裡又是要做什麼？」

「我原本是打算去吃拉麵。」

「拉麵！原來還可以這樣（註35）。」

平塚老師突然想到似地說道，原本心死般的眼神也一掃而空，再度恢復光彩。

「這麼說來，我剛剛一直在接待處幫忙，根本沒有時間好好吃東西……正好，我也一起去吧。」

「喔，我無所謂。」

於是，這次換我在前面帶路，平塚老師踩著高跟鞋跟在後面。話說回來，她的打扮真是華麗，一堆人都往這裡看呢。

我們來到交通比較繁忙的馬路上，路上的行人更是不時往這裡瞥過來。沒辦法，老師的打扮那麼華麗，長得又漂亮，大家當然會忍不住多看一眼。

至於老師本人卻不怎麼在意，仍像往常一樣對我搭話。

「對了，我聽說有未來的學弟找你討論升學的事情。即使是放假期間也不忘侍奉社的活動，真是值得嘉許。」

「事情並不是那樣。不過，老師您怎麼會知道……」

註35 模仿《孤獨的美食家》的台詞：「外帶！原來還可以這樣。」

我覺得妳做的事情有點恐怖……

「從你妹妹那裡聽來的。」

「您什麼時候跟我妹妹那麼要好……」

小町的包圍網已經涵蓋我所有認識的人，真是太厲害了。

這樣一來，ABCD包圍網豈不是已經成形？這樣真的沒問題嗎？A，笨蛋由比濱；B，暴力平塚老師；C，可愛的小町；D，那個叫川什麼的，到底是誰啊？（註36）。看來就算不採取經濟封鎖，我也得用封鎖主義跟她們對抗才行。

「你有一個好妹妹呢。連我都有點覺得自己有那樣一個妹妹的話，應該會很不錯。啊，我當然沒有什麼特別的意思。」

「老師跟小町要當姐妹？以年齡差搞不好都可以當母女，哇哈哈……」

「比企谷……」

糟糕，要挨揍了……我反射性地閉上眼睛準備接受衝擊。

然而，老師的拳頭遲遲沒有揮過來。我驚訝地睜開眼，看見平塚老師再度陷入消沉。

「現在聽到這種笑話，會覺得有點傷人……」

註36　原為第二次世界大戰期間，對日本進行經濟封鎖的國家。A為美國，B為英國，C為中國，D為荷蘭，各為每個國家名的首字字母。這裡的ABCD則分別取自笨蛋、暴力、可愛、誰之日文羅馬拼音的第一個字。

「非、非常對不起！」

拜託誰快來把她娶走！再沒有人的話，只好由我接收了。不管怎麼樣，快點來人啊！

× × ×

八月已經要進入尾聲，不過在戶外走動時，依然覺得暑氣逼人，陽光把我的皮膚曬得灼熱刺痛。

好在這一帶面向沿海道路，在海風的吹拂下，多少還能感到涼爽。也多虧有海風，我們在店門口排隊時並不覺得燠熱難耐。

看來我們得再等一陣子才進得了店，幸好我很擅長打發時間，所以沒什麼問題。我其他擅長的項目還包括讓人丟臉、捏泡泡紙，如果再進一步來說，我進公司工作後，說不定也很擅長欺負菜鳥，不過那樣菜鳥實在太可憐了，所以我絕對不會去工作。

排在前面的男生從剛剛便一直大聲講話，不知是在激動什麼；後面兩個像是大學生的男生，感覺像交往中的情侶……我先是觀察周圍排隊的客人，觀察膩了之後，開始幻想：「如果我開一間拉麵店而且變得非常有名，到時候面對媒體的採訪，應該怎麼回答呢？」

總之……甩麵的時候要上下左右用力甩，這一招叫做「飛燕還巢」，是我們家的祖傳絕技——到時候乾脆這樣子回答好了。要是那家店又更出名，我還可以開設拉麵培訓班，從立志擺脫上班族生活、想自己開店的傢伙身上榨取學費。

正當我想著這些有的沒的事情，耳邊忽然傳來類似笑聲的輕微嘆息。

「……怎麼？」

我瞄向發出聲音的人，亦即平塚老師。

平塚老師半是苦笑地對我說：

「我只是覺得意外，本來以為你很討厭跟一堆人在一起或是大排長龍。」

「我當然討厭跟一群亂哄哄的人擠在一起。至於排隊嘛，您看大家不是都很守秩序嗎？雖然還是有幾個白痴插隊。」

事實上，我並不討厭排隊這檔事。大家之所以不喜歡排隊，理由不外乎是認為排隊浪費時間，或是討厭沒有事情可做的感覺，此外，如果跟其他人一起排隊，這段空檔還會因為冷場而顯得尷尬。若我們重新思考一下「去得士尼樂園約會的情侶會分手」這則都市傳說，不難發現原因正出在排隊時，雙方的心情都處於焦躁狀態，並且會突顯出雙方的價值觀不同。

就這些理由來說，反正我的時間多得要命，又有高到滿出來的思考能力，所以不會覺得無聊。更何況我平常即是獨來獨往，因此光是排個隊，根本不會讓我鋼鐵般的意志有所動搖。

但是，如果換成跟一群亂哄哄的人擠在一起，我可就沒辦法。那裡總是充斥不守規矩又不懂禮儀的傢伙，我根本無法忍受看他們一眼，更遑論任他們湊近身邊。

「想不到你有潔癖呢。」

平塚老師聽完我的解釋後這麼說。

「那才不算什麼潔癖，何況我也不擅長把環境整理乾淨。」

老實說，我的房間很髒亂，亂到在我死後冠上「都市化」、「地球末路」之類的標題送去美術館展覽的話，一定會得到很高的評價。

「我不是指清潔或衛生方面，而是你對事物的想法。不過說穿了，那也只是以你為中心的想法。」

「您是在拐彎抹角地說我很任性又自我中心嗎？」

「我是在稱讚你。培養出一套屬於自己又嚴謹的判斷標準是一件好事。」

平塚老師微笑著看向我，讓我不知該做何反應，因為我根本沒有那種意思。於是我把頭轉向一旁，低喃道：

「我只是不喜歡吵吵鬧鬧的傢伙……」

那些人嘴巴上說什麼「好快樂」、「現在正是我們最閃耀的時刻」，究竟是要說給誰聽？

從一個喜歡獨自默默看書或是待在家裡打電動，並且明白這些事情的樂趣在哪裡的人看來，他們不斷強調的那種「快樂」總覺得有些空洞。

衡量快樂程度的標準，根本不在於能發出多大的聲音或有多少人聚在一起，我厭惡搞錯這個觀念的人。不僅如此，他們在人多或有什麼活動的地方，會顯得更有活力，彷彿讓他們找到了絕佳的表現時機。我無法忍受那些裝模作樣、欺騙自己的人。

為什麼我們不能靠自己證明感受到的快樂，以及屬於自己的真理？

一個人沒有辦法挺起胸膛，是因為對自己缺乏信心。想必在那些人的心裡，有個冷靜的聲音在問「你真的覺得快樂嗎」，為了打消這個疑問，他們才要用話語強調「好快樂」、「玩得超開心」、「現在是最美妙的一刻」、「超 HIGH 的」，拚命扯開嗓門嘶吼。

我不想跟那種傢伙為伍，不想成為只會欺騙的偽善者。

「不過照這樣看來，你應該不會去參加煙火晚會吧？」

平塚老師這句話打斷我的思緒。

「煙火晚會？」

「嗯，展望塔辦的煙火晚會。你應該知道吧？打算去嗎？」

經老師這麼一說我才想起來，港口展望塔的煙火晚會可是代表千葉夏天的風情畫，我小時候也曾去過。不過，煙火怎麼樣其實無所謂，當時的我只把心思放在道路兩旁的攤位上。

話說回來，住在這一帶的人既能看體育場夜間比賽施放的煙火，旁邊還有一個幾乎天天放煙火、全年無休的得士尼樂園，因此不會覺得煙火晚會有什麼稀奇。

「我沒有打算要去。老師會去嗎？」

聽我這麼問，老師發出一陣深長的嘆息。

「這是我暑假的工作。與其說是去看煙火，不如說是去找人。」

我不懂老師的話，用眼神請她說明得仔細一點。

「其實就是去確認學生的安全，大概是節慶期間怕大家出意外吧。每次碰到這種得在外面奔波的工作，都是年輕的被叫去。哎呀～真是敗給他們了，誰叫我還年輕呢？哈哈哈哈～」

「您為什麼那麼高興……」

平塚老師的心情大好，壓根兒沒聽見我偷偷說什麼，又逕自說下去。

「要是有學生玩得太瘋，我會很頭痛的。而且煙火晚會是由地方自治團體所舉辦，還會有大人物到場。」

「喔？大人物？」

「嗯，雪之下一家應該會去。」

有道理。雪之下一家可算是這個地方的名流，在縣議會占有一席之地，又擁有地方企業，所以應該會參與協辦煙火晚會。這樣一來，他們受邀參加晚會也不奇怪。

「對了，陽乃是老師教過的學生吧？」

「嗯？喔，她啊。你們進來的那一年，她剛好從總武高中畢業。我對她的印象很深刻。」

我們進入總武高中時，陽乃剛好畢業，所以她跟我相差三歲，目前大約是十九或二十歲。原來她已經畢業兩年啦……

「她總是維持第一名的成績，交代給她的工作也都做得很好，再加上那樣的外表，當時全校男生幾乎都把她奉為女神。」

我覺得這段描述很像另外一個人，不過那傢伙才不是什麼女神，用魔女來形容還比較恰當。不過，說不定女神跟魔女最初是指同一個人，只是因為不同的宗教觀才被分成正邪兩種性格。這兩種形象套用在她們身上，簡直完全吻合。

「可是……」

平塚老師這時停頓一會兒，換上苦澀的表情。

「她不算是資優生。」

「她不是表現得很優秀嗎？」

「是很優秀沒錯，但僅止於成績方面。她上課時很聒噪，永遠不肯把制服穿好，而且每次有什麼煙火晚會或慶典活動，一定會看到她的身影，說是遊手好閒也不為過。大概因為這樣，她才會交到一大堆朋友。」

嗯，從她的行為舉止看來，的確不難想像這一點。她既開朗又隨興，奔放的性格肯定能吸引一大群人。

「不過，那些都是……」

老師一時語塞，於是我幫她接下去。

「都是表面工夫嗎？」

「喔？你也注意到了？」

老師的嘴角泛起說不上佩服，比較像跟人一起打什麼壞主意的笑容。

「一看就明白了。」

「你的眼光真不簡單。」

沒有啦，這要歸功於老爸那套培育人渣專用的英才教育。

「不過，陽乃的表面工夫也是她的魅力所在。察覺到這一點的人，會開始愛上她壞心眼又強硬的態度。」

「所謂的『群眾魅力』，對吧？」

平塚老師點點頭。

「由她擔任執行委員會會長的那次校慶，可是創下歷年最高的參與人數記錄。而且不只是學生，連老師都被拉去幫忙，當時我也被抓去彈貝斯。」

她談起這件事時，整張臉皺成一團，看來那不是一段美好的回憶。不過經老師這麼一說，她的髮型的確很像某個彈貝斯的人，讓我想到○音部……

「照這樣看來，那對姐妹真是天差地遠。」

如果說雪之下屬於埋首研究的研究生，陽乃便是自我意識強烈（笑）的大學生。

順帶一提，「自我意識強烈」、「接受刺激」、「把大家拉下水」都是我厭惡的詞彙，但現實充（笑）喜歡的正是這些。不過，說話時用字不要太強烈喔，小心反而顯得很弱。

平塚老師點頭，盤手稍微思考一會兒。

「嗯……但我不會說變得像陽乃那樣是好事，那孩子其實可以努力發展出自己的優點。」

「優點……」

「我不是說過嗎？她既溫柔又通情達理。」

我想起來了，平塚老師曾這麼評論過雪之下，好像還說過因為這個緣故，她可能在這個既不溫柔又不通情達理的世界過得很辛苦。

在十之八九的情況下，雪之下都很通情達理，但她到底溫不溫柔，我至今仍抱持疑惑。雖然她是不怎麼討人喜歡沒錯，但也不代表她不溫柔。

她不用表現得溫柔沒關係，但至少對別人好一點可以嗎？如果要說「嚴格也是一種溫柔」，我可是敬謝不敏。

等等，所以她是這麼想的嗎……

我突然想到這一點，瞄一眼平塚老師，發現老師正溫柔地看著我。

「然後，你也一樣。」

她對我輕輕一笑，但我不明白這句話的意思。

「我跟什麼一樣？」

「你也是既溫柔又通情達理，只不過跟雪之下互不相容。」

這是我第一次聽別人這麼說我，我卻高興不起來。不論什麼時候，我始終堅信自己的溫柔與通情達理。所、所以人、人家一點也不覺得高興喔！

「互不相容的通情達理，不會很矛盾嗎？柯南不也說過，真相永遠只有一個！」

「真不巧，我不是名偵探派，是未來少年派（註37）。」

平塚老師見我想掩飾自己的難為情，便用虛無的笑容帶過。

我是認真的，老師的年紀到底多大啊？

×　×　×

在隊伍裡等上好一陣子後，終於輪到我們進入店內，在餐券販賣機點餐。

基於女士優先的原則，我讓平塚老師先點餐。初次來到危險或不熟悉的場所時，當然得由女性走在前面確定安不安全，沒錯吧！

平塚老師連想也不想，直接按下「豚骨拉麵」的按鈕，舉手投足間充滿男子氣概，害我差點要迷上她了。老師買好餐券後，沒有收起手中的錢包，而是轉頭看向我。好啦好啦，買好了可以趕快閃一邊嗎？

「你要點什麼？」

註37　指宮崎駿的作品「未來少年柯南」。

原來老師打算請客……我開始想喊她一聲「大哥」了。老師的心意讓我很高興，然而接受她招待絕對不是最佳解。

「不，不用，我自己買就好。」

「用不著客氣。」

「不不不，這不是客不客氣的問題，是我沒有理由接受老師請客。」

平塚老師聞言，困惑地把頭偏向一旁。

「嗯？我一直以為你的觀念跟腐壞的垃圾一樣，會把讓女性付錢當成理所當然的事……」

這句話說得好過分。

「那是小白臉……我的志向可是成為家庭主夫，才不是小白臉！」

「我、我分不出差別在哪裡……」

老師滿臉錯愕。

老實說，我自己也不是很清楚差別在哪裡。反正，家庭主夫聽起來比小白臉順耳多了。更何況老師只請特定某個學生，感覺不是什麼好事，因此在這裡還是婉拒為上策。

我點了跟平塚老師一樣的豚骨拉麵後，兩人坐到吧檯前的相鄰座位。接著，老師拿出點餐券要求麵條的軟硬程度，我也跟進。

「我只要過水。」

「啊，那我要『鐵絲』（註38）。」

等一下……一般女性來到拉麵店，會這麼帥氣地點餐嗎？

楚楚動人的美女來到拉麵店用餐，實在是一幅饒富趣味的畫面。

儘管店內有些客人投來好奇的視線，不過老師不以為意，開開心心地套上拋棄式紙圍裙，檢查胡椒、白芝麻、醃芥菜、紅薑等的擺放位置。喂，這個女人未免太認真了……

我們點的麵不需要煮多久，所以很快便送上來。

「我開動了。」

「我開動了。」

先嘗一口湯頭看看。結在表面的油膜如白瓷般滑潤，而且帶有奶油的口感。香辛料的氣味除得很乾淨，喝起來很濃郁。這正是用大骨熬出來的湯頭滋味。

接下來是麵條。在濃郁的湯頭中，麵條既細且直，再加上硬度相當夠，交織出美妙的嚼勁。

「嗯，好吃。」

我如實說出自己的感想。接下來，兩人默默埋首於各自的湯碗，大口享受美味的湯頭。木耳和青蔥彷彿在舌尖上跳舞，更增添幾分色彩。

註38 博多拉麵的硬度分為六種，從最硬到最軟依序為「過水」、「鐵絲」、「極硬」、「硬」、「軟」、「極軟」。

吃到剩下四分之一左右時，我們跟店家要求加麵，平塚老師利用這個空檔開口。

「回到剛才的話題……」

「嗯？」

「關於你的潔癖。」

新的麵送上來後，我們先加醃芥菜。平塚老師滿臉笑容，大概是在享受自己控制口味的樂趣。

「我想你總有一天還是能接納的。」

「喔……」

我一邊在自己的麵裡放入生大蒜，一邊用含糊的語氣回應。

「好比這碗拉麵。」

老師得意洋洋地展示她調配而成的平塚特製拉麵。

「我年輕時覺得豚骨才是最棒的，湯頭的油脂要夠厚才美味。湯頭不夠濃郁的話，我根本喝不下去。不過隨著我逐漸長大，也漸漸能夠接受清淡的鹽味和醬油湯頭。」

「那、那是老師您上了年紀……」

「你說什麼？」

「沒有……」

老師狠狠瞪我一眼，維持好一會兒不悅的表情，突然又換上笑容。

「無妨，你現在沒辦法接納也沒關係。如果未來有一天能夠接納的話……」

她大概很清楚我心中的糾葛和疑問，但是此刻並不為我指點明確的答案，雖然現在的我也沒辦法回答什麼。

「我們當然不可能接納一切，像我個人很討厭番茄，直到現在都還不敢碰番茄口味的拉麵。」

「老師討厭番茄啊……」

「嗯，我拿那種不軟不硬的口感跟獨特的澀味沒轍。」

她還是小孩子嗎？不過我明白她的意思。番茄果肉跟種子部分咬起來軟糊糊的，對討厭的人來說，吃那種東西簡直跟接受拷問一樣痛苦，而且感覺有點血腥。

「基於類似的理由，我也很討厭小黃瓜。」

「啊，小黃瓜我也不太行……」

我倒是很喜歡萬難地天紀柳（註39），以及黃瓜口味的百事可樂。

「說到小黃瓜這東西，不管是拌在馬鈴薯沙拉還是夾在三明治裡，咬起來老是沙沙的，還會把其他東西通通染上那種味道……」

如果單純只是一條小黃瓜，還有辦法避開那種味道，例如不去碰它或沾著味噌吃。可是，一旦切成片後，它便化身為惡魔，把所有食物都染上小黃瓜的味道。而且它的營養價值也沒有多高，難道那傢伙是蔬菜界的終極戰士？

註39 漫畫《守護月天》的角色。「紀柳」的日文發音跟小黃瓜相似。

「醬菜類我倒是滿喜歡的……」

平塚老師說了一句酒鬼才會說的話，不過我贊成她的意見。

「我也喜歡。」

沒錯，醬菜的確是好東西，口感清爽得沒得比。最重要的是，一碟醬菜即可配上好幾碗白飯，那種感覺真是幸福得不得了。

「……」

我們的對話戛然而止，一陣沉默籠罩下來。我納悶地看向平塚老師，發現她已經進入發呆狀態。她和我對上視線才猛然回過神，連忙把水杯裡的水一飲而盡。

「啊，剛剛是、是說醬菜對吧？嗯，沒錯，我……我也很、很喜歡。」

「……老師，說話不要那麼結結巴巴的好嗎？聽得我都要害羞起來了。」

「你、你在說什麼啊！話說回來……我原本是要說什麼呢……」

這個人真的沒問題嗎？是不是該趕快開始做百格板算數（註40），鍛鍊一下腦力？大家一起來抗老化吧——話是這麼說，但我自己也只記得剛才聊過番茄跟小黃瓜。

平塚老師心情大好地動起筷子。

「這塊叉燒給你。」

「謝謝。那麼，我的筍乾送給老師。」

「呵呵，謝啦。」

註40 在十行十列的表格中隨機填上不同數字，組成一百題算數練習。

「您到了這個年紀，應該多攝取食物纖維。」

「這句話是多餘的。」

「好痛！」

老師捶了我的頭一拳，我只能撫著發痛的地方吃拉麵。老師似乎很喜歡這家店的口味，露出滿足的微笑。

「這次讓你介紹這麼好吃的拉麵店，看來我也得找一家店帶你去才行。」

「老師有推薦的店家嗎？」

「嗯。我還是學生的時候，幾乎踏遍千葉一帶的拉麵店。不過老師經常帶學生在外用餐可能會落人口實，所以等你畢業再一起去。」

「啊，老師不用去沒關係啦，只要告訴我在哪裡——」

啪！

喧鬧的店內傳出一陣特別響亮的斷裂聲。

「哎呀，筷子斷掉了。」

「請務必帶我一同前往……」

若是用一般的握法，筷子應該不至於斷掉才對……

「嗯，你好好期待吧。」

平塚老師顯得非常高興。

跟別人一起去吃拉麵其實也不錯。

不論一人享用還是多人同享都很美味，拉麵無疑是最強的食物。我不接受其他意見。

One day... Mobile talk Hachiman& Hiratsuka

hiratsuka's mobile

FROM 平塚靜 22:43
TITLE nontitle

今天非常謝謝你。聽到你說喜歡吃拉麵時，我還有一點訝異。我自己也征服過不少店家，可以算是個拉麵通喔。啊，雖然說是征服，但我並沒有把他們吃垮（笑）。關於你畢業後一起去吃拉麵的約定，我想學校附近的店家你自己一個人就會去了，所以要兩個人一起去的話，可以找比較遠的店家。那麼，我先在這裡分享學校跟你家附近的拉麵店。首先，說到學校附近的知名店家，當然是「虎之穴」，他們湯頭的濃郁程度在千葉家系內堪稱翹楚。至於麵條，儘管使用酒泉製麵已經成為常態，但依然不能小覷。從這家店的店名沒冠上「家」字，即可明白他們已經脫離以往的模式，走出自己衍生而出的全新道路。而且，這家的拉麵跟附醬菜的白飯也很搭；若跟浸過湯頭的海苔一起吃，簡直是人間美味。另外，我也推薦他們的鯱沾麵。說到千葉另一個具代表性的拉麵店，便是「增田家」吧。我對千葉店比較熟悉，不過他們在海濱幕張也有據點。雖然他們的拉麵以豚骨醬油為底，不過滋味不同於其他家，吃得出他們的用心。特別是溫泉蛋和叉燒，在這一帶不是第一便是第二。他們跟其他拉麵店還有一點不同，在於菜單上有炒飯這個選項。對身為男生的比企谷來說，聽到有拉麵炒飯套餐應該會非常高興吧（笑）？再說，看到沾麵旁邊還附上紅豆餡，不覺得整個人都興奮起來嗎？我再介紹一家店，如果你往東京

FROM 平塚靜 23:20
TITLE Re2

抱歉，剛才打到一半就不小心發出去了。如果你往東京的方向走，當然不能不提「成田家」，你應該也知道這家店吧。肥厚的背部脂肪、極寬的麵條再配上濃郁的湯頭，三者結合成奇蹟般的平衡，宛如千葉拉麵的聖杯。他們的本店位於津田沼，千葉、本八幡則有分店，最近幾年更是擴展到錦糸町，成功進軍東京。關於湯頭，我個人推薦高油脂量，不然大膽地要求超高油脂量也可以。印象中有句名言說：「左月（肉）右旨是為脂。*」至於其他附近的店家，我也推薦「KAIZAN」。他們以豚骨為基底，湯頭熬得很入味，味道跟油脂的平衡拿捏得相當出色，跟中寬直麵條簡直是絕配。再加上厚片叉燒也把味道吸收進去，吃起來一定教人大呼過癮。然後，最重要的是他們的青蔥！不但口感爽脆，還吃得出青蔥原有的鮮甜和辛辣，真是最棒的調味品，不論配飯或配麵都很合適。

FROM 平塚靜 23:29
TITLE Re4

（´；ω；`）

*「旨い」為好吃的意思。

hachiman's mobile

FROM 八幡 22:51
TITLE Re
那個……

FROM 八幡 23:25
TITLE Re3
不好意思，看到老師如此認真，我反而有點害怕……

5 忽然間，比企谷小町想到離開哥哥的那一天

隨著時序進入八月中旬，暑假的氣氛開始逐漸淡薄。

一想到可以悠哉的日子所剩無幾，鬱悶感便湧上心頭。我不禁模仿起「番町皿屋敷（註41）」裡的女鬼，用恐怖的聲音開始數「一天……兩天……還少兩個月……」。真要說的話，暑假請給我三個月。

我懷著倒數地球滅亡的心情，在冰箱上的月曆多打一個叉。如果在月曆上畫圈，會變成章魚燒小超人（註42）。

暑假大約剩下兩個星期。你是不是正在使用時空跳躍？

喂，這不是真的吧？是不是數錯日期？我再用手指一格一格數一次月曆上的日期。這時，突然有東西湊到我腳邊。

註41　一名叫做阿菊的亡靈數盤子的怪談。

註42《章魚燒小超人》原本是日文繪本，動畫片尾曲名為「在月曆上畫圈」。

「……怎麼啦？」

原來是家裡的貓——小雪，正老大不高興地看著我。

我們彼此對望幾秒後，小雪用鼻子哼一聲，躺到我的腳背上。真是煩死了。

牠大概是要我多關心牠一些。

這麼說來，小町這兩三天幾乎都跟酥餅膩在一起……看來小雪對此相當不滿，不得已之下才來找我。

我一屁股坐到地上，開始撫摸小雪。

剛開始要先順著貓毛，從頭慢慢撫向尾巴。過一陣子後，小雪發出咕嚕咕嚕的聲音，我再用按摩的方式輕輕活動牠的腳趾。

小雪閉著眼睛發出「嘶……嘶……」的氣聲，看來牠是真的累壞了。

想想也有道理，畢竟酥餅寄住在我們家的這幾天，一天到晚追著小雪跑來跑去。酥餅那種小型犬特有的好動個性，在我們家也發揮得淋漓盡致，整天在屋裡跑個不停。而且牠大概是第一次見到貓這種動物，因此對小雪表現出極大的好奇心，老是對牠發動「來玩嘛～」的突襲。小雪一碰到這種情況，都會躲到冰箱上、衣櫃後方等酥餅到不了的地方。

最重要的一點是，平常把牠照顧得無微不至的小町也被酥餅搶走，在別無選擇的情形下，牠只好來找我。真是對不起啊，還讓你委屈自己跟我這種人作伴。

「好啦，到今天結束為止，你就忍耐一下，多讓讓酥餅吧……畢竟你是牠哥哥。」

我把小時候家人對自己說的話，原封不動地送給小雪。雖然我不知道酥餅的年齡，不過小雪待在比企谷家的時間比較長，所以在輩分上算是老大。

小雪聽了我這句話，用尾巴「啪」地往地板一甩，以此表達自己的不甘願。真是抱歉啊。

我繼續撫摸牠的身體，不時捏捏肉球、搔搔肚子。這時，客廳的門打開。

「哥哥……哎呀，真是稀奇的組合。」

我抬起頭，看到小町把酥餅抱在懷裡。等一下，我是小雪的主人，小雪是我的寵物，這有什麼好稀奇的？

「我可是很能跟貓相處。」

「哥哥真像貓科動物。」

我不懂小町是怎麼想的才會說出這種話，她是覺得我的地盤意識很強嗎？不管怎麼樣，先解讀成正面意義好了。

「是啊，我可是百獸之王。」

「嗯……是啊，沒錯。」

「妳為什麼突然不說話？不要用略帶溫柔的眼神看著我！妳沒聽說公獅子從來不工作的嗎？」

「哥哥果然是百獸之王！」

「沒錯吧。」

我得意地發出哼哼笑聲，小町懷裡的酥餅跟著發出「汪」一聲附和。

原本躺在我腳邊的小雪一聽到狗叫，立刻用鼻子噴一聲氣，然後站起身，像貓巴士那樣打一個大哈欠，慢慢晃去其他地方。

小雪離去時，尾巴左搖右擺地如同在對我揮手，我夾雜著苦笑目送牠離去。

「那麼，妳有什麼事？」

我站起身詢問小町，她才想起原本來找我的目的。

「喔～對對對，哥哥，智慧型手機借小町用一下。」

「是可以……不過，妳要做什麼？」

「聽說現在有個翻譯狗語言的應用程式，可以偵測狗狗的叫聲，瞭解牠們的心情。」

「喔？竟然有那種東西。」

聽起來真方便，不知他們會不會推出人類語言的翻譯器？畢竟人們嘴巴說出來的話，不見得代表內心的真實感受。

我在小町的催促下，拿起先前放在桌上的手機，手指在螢幕上滑動，下載她說的狗語翻譯器。另外，在應用程式清單中，我還看到貓語翻譯器。

「啊，哥哥，貓語翻譯器也順便下載一下。」

「是～」

我依照小町的吩咐，把這兩種翻譯軟體都下載下來。

「來。」

我啟動狗語翻譯器，把手機交給小町。小町放下酥餅，接過手機立刻開始實驗。

「來來來，酥餅，叫一聲看看。」

「汪！」（來玩嘛！）

「我看，大概就是這樣吧？」

這個程式翻譯出來的內容不出我所料。以狗的欲求來說，非常合乎邏輯。

接下來一段時間，小町一直把手機朝向酥餅。酥餅有如自己主人的翻版，很會看人臉色，牠察覺到小町的用意，乖乖對著手機叫了幾聲。

「汪！」（來玩嘛！）

「汪！」（來玩嘛！）

「汪！」（來玩嘛！）

「汪！」（來玩嘛！）

……咦？這只是複製貼上吧？

「哥哥，這是不是有問題？」

「沒有啊，依我的使用方式，根本不會把手機弄壞……」

不然，由我親自模仿狗叫看看。如果這個程式翻譯出不同內容，代表沒有問題。

於是，我發出朝向未來的咆哮。

「ＢＯＷＢＯＷ！」（我不想工作是也！）

天啊，準確得嚇死人，連 Excite 網站都沒辦法翻譯得這麼傳神。

「嗯，的確沒有故障。」

「是啊，故障的是哥哥才對……」

小町臉上的表情何止是無奈，幾乎已經到達徹底放棄，近似阿闍黎（註43）的開悟境界。真希望我的家人能夠明白，即使是我這樣的人，被親人以溫暖的眼神注視還是會有點受傷。

「……總之，這隻狗想要我們陪牠玩。」

「嗯～那麼，帶牠出去散步吧。」

「好啊，就這麼辦。」

帶酥餅出去繞一圈，牠便不會再汪汪叫個不停吧？這隻狗可愛歸可愛，但要是牠從早到晚都在家裡跑來跑去，還是會讓人吃不消。

「哥哥，麻煩去拿一下狗繩♪」

「是是是。」

我按照小町的吩咐，從由比濱留在這裡的寵物用品堆裡找出狗繩。

「謝謝～接下來套到酥餅身上，小町負責按住牠不要亂跑。」

小町這句話的語氣像極了「這裡交給我，你們先走」。我趁她按住酥餅時，繫好狗繩。

註43 佛教與印度教用語，為出家人對師長的稱呼。

「這樣可以吧？」

我晃一晃狗繩的握把部分，小町滿意地點頭。

「好，我們出發！」

她伸手指向大門口。

「……是我要帶狗散步喔。」

「真要說的話，的確是要哥哥出去散步。如果不這樣做，哥哥根本不會踏出家門。」

小町說的沒有錯……「自閉男」的稱號可不是叫假的。

我深深嘆一口氣。儘管我全身上下都抗拒著踏出家門，但小町完全不在意，在後面不斷推我的背。

「好啦好啦，小町也會陪哥哥出去的。」

×　×　×

太陽已經西斜，靛藍色的天空中渲染出一片薄墨，一彎明月高掛其上。

我居住的城市很恬靜，如同已經存在一個世代之久，是去到哪都能看見的住宅用地。大馬路對面的河岸依然散布著農田，那裡聚集不少以務農維生的人家。

過去——母親說那是她小時候的事情，所以大約是三十多年前——這一帶的河川跟田地裡還看得到螢火蟲，換句話說，現在已經消失無蹤。哥哥，螢火蟲為什麼一下就死掉（註44）？

我想起母親說過的話，望向田地，期待現在是不是還能看到螢火蟲。

沙沙……稻穗一整天沐浴在陽光下，吸收水分和養分，結出纍纍的稻米。隨著一陣風吹拂而過，它們全部往兩邊低下頭。

在我還小的時候，我覺得那像是看不見的妖怪在作怪。不論是螢火蟲還是妖怪，如今都已不復見。

為什麼人們總會陷入懷舊情懷？舉凡「過去真是美妙」、「那個美好的年代」、「昭和風情」，在在顯示出越久遠的年代，越能獲得人們肯定。

他們懷念過去、懷念從前，感嘆變遷、感嘆改變的事物。

既然如此，「變化」不應該是悲哀的事情嗎？

成長、進化、變遷，真的是一條正確的道路，是值得我們高興的美妙事物嗎？即使我們自己不改變，我們的周遭、整個世界還是會一點一滴地改變。大家是否單純因為不想被拋在後頭，才拚命追趕時代的腳步？

如果我們不改變，便不會產生悲傷。儘管沒有產生任何東西，但只要不造成負面影響，即可算是一項很大的優點。如同我們對照收入與支出，發現最後結算不至於出現赤字，就代表公司的經營方針絕對沒有錯。

註44 出自動畫「螢火蟲之墓」的台詞。

因此，我不認為維持不變是不好的，也絲毫不認為過去的自己以及現在的自己有什麼不對。

所謂的改變，說穿了只是想逃避現狀。既然不選擇逃避，便應該站穩腳跟，讓自己維持不變。

選擇不改變也有好處。這個道理如同按B鍵取消進化後，神奇寶貝將更快學會技能。

我早已記不得是在什麼時候——大概是在很久很久以前，我曾經問過自己這一連串問題。

小町握著狗繩的握把，享受被酥餅拉著走的感覺。

「酥餅，有車有車，危險喔。」

一輛車從我們身旁駛過。

酥餅嗅著草堆的氣味，鼻子不斷發出聲音，然後啃起青草。貓跟狗都會像這樣吃雜草，把胃裡的毛球吐出來，這是帶寵物出去散步時一定會遇到的情況，因此我和小町停在原地等牠一會兒。酥餅如同「吃路邊雜草」這個片語的字面意思吃著雜草（註45）。

小町看看我，又看看酥餅，高興地露出笑容。

「哎呀～小町好久好久沒跟哥哥一起散步呢～」

註45「吃路邊雜草」原文為「道草を食う」，有「閒逛、逗留」之意。

「是啊。」

我的確很久沒有出來閒晃，畢竟我本來就喜歡待在家裡。除非是出去買東西，或是參觀寵物展等有明確目標的活動，不然我幾乎不會跟小町外出。

酥餅在前面扯了扯狗繩，小町對牠笑著說：

「好，我們走吧！」

酥餅「汪」地叫一聲，隨即展現出迷你臘腸狗特有的走路方式。

我跟在他們後面。

餘暉掛在西邊的天空，以固定距離設置的路燈一起點亮，地面上還有家家戶戶的燈火，好幾種光線彼此交雜。

在這早已住慣的城市裡，人潮分成多種不同的方向。

有的是趕著回家的上班族，有的是在傍晚時分外出張羅食材的家庭主婦，有的是跟朋友一起騎腳踏車的小學生，還有社團活動結束後待在便利商店談笑的國中生、現在才準備外出遊玩的高中生，以及出門接小孩的母親。

這幅習以為常的景象，散發出溫暖、令人懷念的氣息。

小町喃喃地開口：

「有人對自己說『歡迎回來』，是很幸福的事情呢。」

「是啊，雖然不是所有情況都是如此。」

「哇……這個人怎麼這麼討厭……」

她完全不能接受這句話，可是，凡事總有例外嘛，好比我再怎麼抱怨回家後都沒有人跟我打招呼，但如果哪天突然看到一隻奇怪的河馬對我唱「歡迎回來」，邀請我加入用漱口水漱口的行列（註46），我可是一點也高興不起來……

「就算是這麼討人厭的哥哥來接小町，小町還是覺得很高興。」

小町從我身上別開視線，看向酥餅。

我趁這時候追過步調放慢的小町。要是不這麼做，可能會被她看到我上揚的嘴角。

「我、我才不是專程去迎接妳，只是順便、順便而已。」

因為難為情，我生硬地這麼回答。接著是一陣短暫的沉默。

「那也沒關係。」

我聽見小町暖洋洋的聲音，不禁回過頭。

她閉著眼睛，一隻手放在胸口，彷彿在確認心中的微微暖意，然後一個字一個字地緩緩說道：

「剛才那句話，是為了突顯活潑又討人喜歡的小町有多可愛。」

出現在我眼前的，是這個夏天裡最不真實的笑容。

「是喔……」

煩死了……

註46　出自「明治イソジン」的廣告。

我抬起原本因為失望而垂下的肩膀，拋下小町跟酥餅逕自往前走。受不了，我的妹妹到重要時刻真是一點都不可愛。不過平時倒是很可愛，超可愛的。

小町用拖鞋前端踢著路邊碎石，出神地仰望星光開始閃爍的天空。

「哥哥住院不在的期間，小町還有小雪陪伴。小雪每天都會在家門口迎接小町。」

「換成是我，牠就不會這麼做了，那傢伙只會待在陽台往下看吧。」

「小雪是個彆嬌嘛。」

說到這裡，小町對我開起玩笑。

「呵呵……小町整天被兩個彆嬌包圍真是辛苦。」

「又來了……我哪裡有嬌……」

我甚至不認為自己彆扭。反過來說，再也沒有其他人比我更耿直。這個世界早已扭曲不堪，因此在別人眼中，耿直的我才會顯得扭曲。

「不過啊，即使是那樣的彆嬌來迎接小町，小町還是很高興。」

這次小町嘻嘻對著我笑。

「啊？我又不可能永遠在這裡，妳也該別再黏著哥哥吧。」

「咦……哥哥要離開家裡嗎？」

小町頓時停下腳步看向我，臉上不再是先前那種刻意的笑容，而是吃驚的表情。

「別傻了，我怎麼可能沒有理由便離開這個家。」

「……小町放心了。」

「待在家裡快樂得不得了，簡直是超棒的。不到必要關頭絕對不工作，這就是我的正義。」

「不行，小町還是放不下心……哥哥的將來真教人不安……」

小町抱著頭說道。

我朝她抱住的頭頂輕拍一下。

「我現在可以每天通勤上高中，之後也打算念可以每天通勤的大學。所以，除非有什麼特別的事，否則我是不會離開這個家的。」

若以千葉為出發點，即使要去東京都內的大學，一個小時也綽綽有餘；但如果校區位在神奈川或多摩等地，便得稍微考慮一下。至於所澤那種地方，則已經處於祕境深處，我還得穿著全套裝備才能上學。

「這種年紀的男生這樣想好像怪怪的……一般說來，大家不是都想離開家嗎？」

「還好啦。我們家採行放任主義，父母又都在工作，所以我可以保有自己的時間，根本沒有什麼不方便的地方。」

「——雖然找了很多理由，但我其實是因為離開小町會覺得寂寞……」

「這是什麼莫名其妙的獨白……」

哈哈哈，妳在胡說什麼啊，哈哈哈。

「我只是因為一個人生活得不到什麼好處罷了。住在外面不但得花錢，還得花時間跟力氣做家事。我怎麼可能平白無故幫忙做家事？妳沒聽過等價交換嗎？」

我們家的感情並不差。儘管老爸是個偏重度的廢物，但除了嘴巴說出的話跟腦袋想的東西很垃圾之外，我對他沒有什麼不滿。既然沒有特別想過離開家裡，我自然不會有出外獨立之類的願望。

只要沒什麼理由，我才不會離開家裡——所以說，獨自在外居住的人，想必都有什麼理由。

「又來了又來了~明明就很怕寂寞。」

「啊？寂寞是什麼？要妳去附近的秋葉原瞧一瞧、找一找的那玩意兒嗎（註47）？」

我沒有那種感情。我深愛一個人的時光，孤獨才是最棒的好東西。

「可是小町會寂寞。」

我開的玩笑完全被忽略了。可惡，「寂寞」跟「好東西」果然太牽強嗎（註48）？

此刻的我如同被敵方穿越守備網，只好乖乖順應小町的話題。

「妳的話或許會寂寞，可是我——」

「小町不只是指哥哥，雪乃姐姐是一個人住在外面對吧？不知道她又如何，真的沒有問題嗎……」

小町的言下之意，是連雪之下雪乃那樣的人，或許都抱有一絲寂寞。

註47　出自家電量販店SATO MUSEN（已結束營業）的廣告歌：「瞧一瞧，找一找，最棒的好東西。就在你家附近的秋葉原，SATO MUSEN。」

註48　寂寞的原文為「sabishii」，廣告歌詞中的好東西原文為「something」，兩者發音相似。

即使她總是展現出完美無瑕的一面，偶爾卻會流露脆弱的神情，或者說散發出無力的氣息。不過，目前我還不瞭解其中的意義。

小町接著說下去。

「而且，被留下來的人應該也會寂寞。」

……她說的沒錯。

我怎麼會認為只有離開的人才寂寞？被留下來的一方，明明抱持同樣的心情。如果哪一天小町要出嫁，我敢說自己一定會哭出來。

小町牽著酥餅往前走，這時，我接過她手中的狗繩握把。

「哥哥？」

「妳累了吧？我們換手。」

牽這種小型犬散步當然不可能多累，除非我妹妹的體力差到極點。

小町滿臉驚奇地看著我，然後突然笑出來。

「嗯，麻煩了。現在換小町牽住哥哥，讓哥哥哪裡都不會去！」

她這麼說著，握住我的手。

「我哪裡都不會去。在嫁出去之前，我會一直待在家裡。」

「……當家庭主夫的話，也算是嫁出去嗎？」

「不然，改成『娶出去』。」

「嗯，總覺得這些其實不太重要……」

今天既然難得出來散步，乾脆在這個跟往日大不相同的城市裡繞些遠路再回家吧。

× × ×

我們差不多準備好晚餐時，家裡的對講機響起。小町正在鍋子前忙碌，於是由我去應門。

出現在對講機螢幕上的是由比濱，她正在整理自己的髮型，心情似乎很好。看來她是要把酥餅接回去。我確認過後，走到大門口。

我打開門，由比濱對我揮手。

「啊，嗨囉～」

「嗨。」

「來，送你的伴手禮。」

她把一個紙袋塞到我手上。

從袋子的大小和重量看來，應該不是木刀。真可惜……如果是不知為何有一條龍纏繞在劍上的鑰匙圈，或是能在黑暗中發光的骨骼鑰匙圈，我還會有點高興。

「這是地區限定的商品喔！」

「喔……」

我看了看紙袋裡面，果然如由比濱所說，是當地才買得到的點心。不過，其實就是市面上經常看到的那些點心，只是包裝成地區限定版而已。

送這種東西當伴手禮，不但可以顯示自己去哪裡，也展現出對收禮方的體貼，畢竟很少人收到點心時會覺得不知該如何是好。再加上這些小點心都是個別包裝，帶去職場跟學校也很容易分贈，因此可說是既安全又很懂得看場合的選擇。

然而，我看到這些點心時，倏地回想起一些往事。

「是點心啊……」

「咦，你不喜歡嗎？」

由比濱擔心地看向我手上的紙袋內部。

「不，不是……女生買伴手禮時，真的很喜歡選這種東西呢，還會分給班上所有的女生。」

「嗯……是啊。雖然也有些女生不會這麼做，像是優美子。」

三浦嗎？不愧是女王，光是把接受朝貢視為理所當然，便足以教人敬佩。

「好久以前，我的鞋櫃被人塞一堆這種地區限定點心的空袋子……犯人絕對是班上的女生，而且她本人絲毫沒有要隱匿犯行的意思，那種強勢的態度又讓我受到二次傷害……」

我的喉嚨發出一陣乾笑，由比濱連忙安慰我。

「已、已經沒事啦！不會再發生那種事情！」

「但願如此。」

「沒問題的！大家根本不認識你，所以不會做出那種事！」

「有道理。」

由比濱握緊拳頭對我保證，可惜她安慰人的能力趨近於零，不過，我反而可以接受她的說法，所以姑且先這樣。我的隱身能力終於開花結果，即使要對付蟻王（註49）都不是問題，真是可喜可賀。

看來我的第二學期也能安穩度過，可以放心了。

這時，由比濱從門口看向屋內。

「對了，酥餅呢？」

「喔，牠過得很好。小町～」

我出聲往屋內叫喚，小町便抱著酥餅來到門口。

酥餅在小町的懷裡「汪」地叫一聲。由比濱見了，嘴角浮現微笑。

「謝謝妳，小町！」

「哪裡哪裡。」

由比濱一邊輕輕撫摸酥餅，一邊問：

「牠有沒有帶給你們什麼困擾？」

「怎麼會呢？我們還一起玩狗語翻譯器，非常快樂！」

註49 蟻王為漫畫《獵人》內的角色。

「狗語翻譯器？喔，那個啊。以前是有那種東西沒錯。」
「現在在智慧型手機上推出了應用程式。」
與其花時間解釋，不如直接展示。我開啟狗語翻譯器，由比濱立刻好奇地看著螢幕，並且試著對自己的狗說話。
「來來來，酥餅，是姐姐喔！」
酥餅聽了，露出茫然的眼神。
「汪？」（這個女的是誰？）
「酥餅～～～～」
「汪！」
由比濱發出近似絕望的哀號，酥餅則因受到驚嚇，在我的腳邊繞圈圈。我抓住酥餅把牠抱起來，輕輕放進小町拿來的提袋裡，拉上拉鍊後交給由比濱。
「喏，牠兩天後應該就會想起來了吧。」
「嗚嗚……我希望牠一開始便不要忘記我……」
由比濱哭喪著臉，緊緊抱住懷裡的提袋。
酥餅把鼻子貼上手提袋的網眼，嗚嗚地叫著。
「那麼……再見。」
儘管我沒有特別照顧牠，但來到分別的時刻，心中仍然會湧起某種情緒，更何況牠還發出依依不捨的聲音。

「結衣姐姐，下次記得再帶酥餅過來玩喔！」

跟酥餅朝夕相處整整三天的小町含著淚水，握住由比濱的手。

「一定一定！一定會再來的！」

「請務必挑家父家母在的時候，再帶一些點心來訪，順便打個招呼。」

「有道理，跟妳的雙親打個招……咦咦咦？不，不行啦！我還是不要來了！」

小町的眼睛原本發出不懷好意的光芒，聽到對方拒絕後，立刻咂一下舌，換回平時的表情。

「總之，小町很期待結衣姐姐再來玩。」

「嗯，謝謝妳。」

由比濱道完謝，重新拿好提袋，再拎起其他行李。

看來她差不多要回家了。這時，我想起一件事。

「對了，關於雪之下的事情，她說不定會出現在煙火晚會。平塚老師說，那是地方自治團體主辦的活動，所以地方上的達官貴人都會全家出動。」

「這樣啊……我明白了，我會去看——」

由比濱說到這裡忽然打住，彷彿想到什麼。她輕輕做幾次深呼吸，不太有把握地看向我。

「那個……要不要一起去煙火晚會？由我請客，算是答謝你幫忙照顧酥餅。」

「她既然這麼說，我們去吧，小町。」

我打從一開始便不考慮只有我和她兩個人的選項，再說，真要答謝的話，真正在照顧酥餅的小町應該也要去。

小町似乎看透我的用意，扠著腰無奈地小小嘆一口氣，喃喃抱怨「哥哥真的很沒用耶」，不過我當作沒聽到。

她帶著歉意告訴由比濱：

「嗯……承蒙結衣姐姐邀請，小町真的很高興，可惜現在小町在準備考高中。雖說結衣姐姐是為了答謝，但小町可能沒辦法外出遊玩……」

「這樣啊……也是呢。」

「真不好意思。可．是！可是可是，小町還是有想買的東西……啊～～怎麼辦？小町的時間不夠用～～有想要的東西卻沒時間買，真糟糕～～而且東西那麼多，讓結衣姐姐一個人帶回來太辛苦了～～」

這個鬼靈精，故意說完長長一串牢騷後，還往我這裡瞄過來。

由比濱意識到小町的用意，猛然湊到我面前。

「啊！對、對了！白閉男！我們去買送給小町的謝禮吧！反正她平常也那麼照顧你！」

「這、這個……可、可是……」

雖然我很想把話說下去，由比濱卻一直從正面盯著我。

「讓一個女生隻身參加煙火晚會，實在讓人不放心……而且最近社會又不太安寧……唉，如果這種時候有個有空的男生相陪，不知該有多好……」

小町也在我背後喃喃低語。

「那、那個……如果你已經約好要跟別人一起去，或是真的很忙……其實，也沒有關係……」

由比濱用委婉的語氣，投以既期待又怕受傷害的眼神。

我的預定行程即為「沒有行程」，煙火晚會那天我當然有空。何況對方都已這樣子拜託，我也無法狠下心拒絕。現在的我可是受到兩個人內外夾擊，如同大阪夏之陣（註50）的處境。

「……好吧，這也是為了小町，妳到時候再跟我聯絡。」

我留下這句話便回去客廳。

「嗯，到時候我會傳簡訊給你！」

關上門的前一刻，後面傳來由比濱充滿精神的回應。

× × ×

註50 西元一六一四年，豐臣家在「冬之陣」最後與德川幕府協議填平大阪城外的護城河，後來又被德川家填平城內的護城河，而引發一六一五年的「夏之陣」。這兩戰合稱「大阪之役」，此役最後豐臣家滅亡。

酥餅跟著主人回去後，家裡立刻安靜下來。

這幾天從早到晚不絕於耳的狗叫聲，彷彿不曾存在過，取而代之的是清洗碗盤發出的碰撞聲。我關上水龍頭後，還可以聽見遠方傳來的蟲鳴。

在父母回來之前，這裡將回歸以往屬於比企谷家的寧靜。

我從廚房看出去，小町似乎不太有精神地靠在沙發上，「呼……」地長嘆一口氣。我從冰箱裡拿出麥茶，倒一杯給小町。

「辛苦了。」

小町接過麥茶一飲而盡，滿意地發出「哈……」一聲，然後把玻璃杯還給我。

「是啊，累癱了……有種把自己的孩子送出去的感覺。」

「有那麼誇張嗎……」

此刻的她宛如在外廊上發呆的年邁老太太，臉上的表情相當安詳。

「不過，交給結衣姐姐應該可以放心吧……」

「那本來就不是妳的……臉皮到底有多厚啊……」

我不禁嘆一口氣。小町聽了，不解地抬頭看過來。

「咦……啊，哥哥是在說酥餅嗎？」

「啥？不是嗎？不然妳是在說什麼？」

「沒什麼～」

小町慵懶地躺到沙發上，伸手要把墊子搆過來，小雪則在那裡熟睡。

說到小雪此刻放心的模樣，可不是開玩笑的。牠平常習慣蜷起身體睡覺，現在卻伸長身子，擺出「Cheir（註51）！」的姿勢。酥餅離開之後，牠終於可以好好放鬆。牠肚子上的絨毛盡數露出，完全未採任何防備。面對這種戰術，連素有「南海黑豹」之稱的雷・賽佛（註52）見了，都會下意識地擺出防禦態勢。

小町見狀，雙眼立刻發出亮光。

「小雪～～～～」

她飛撲過去，把臉埋進小雪的肚子，把牠的肉球捏到快四分五裂，還一起發出呼嚕呼嚕的聲音。

「啊！現在說不定能知道小雪到底在想什麼！哥哥，貓語翻譯器！快點快點！」

「喔，好……」

我連忙拿出手機，開啟貓語翻譯器交給小町，小町馬上把手機湊向小雪的喉嚨。

「呼嚕呼嚕呼嚕。」（痛苦，救……癢　好吃（註53））

「小雪！」

喂，這隻貓真的沒事嗎？應該說，寫出這種應用程式的傢伙真的沒問題嗎？該不會已經被病毒感染吧？

註51　赤塚不二夫的作品《小松君》主角的招牌動作。
註52　來自紐西蘭的綜合格鬥家，比賽時習慣放下雙手完全不防禦。
註53　出自遊戲「惡靈古堡」內的飼育員日誌。

但是小町並不罷手，又繼續玩弄那隻貓好一陣子以排遣寂寞。再怎麼說，儘管相處時間不長，她還是很寵愛由比濱家的酥餅。

正當我欣賞著眼前這溫馨的景象時，小町看著我的手機說：

「啊，哥哥，手機要沒電了。」

「嗯？喔。」

我接下她遞過來的手機，發現電量真的只剩一點點，隨時都有可能沒電。

這時，我的視線捕捉到畫面上方的小時鐘。嗯，時間剛剛好。

「這樣正好，妳也差不多該回去念書。」

「是～～」

小町再摸了小雪最後一把，從沙發上爬起來離開客廳，看來她是要回自己的房間用功。

終於獲得解脫的小雪，跟酥餅還在的時候一樣，拖著累壞的身子慢慢晃到我跟前。你也辛苦了。

我得找出充電器為手機充電，找到一半時，小雪忽然發出「咪」的叫聲。

仍然處於開啟狀態的貓語翻譯器偵測到聲音，跟著在螢幕上顯示訊息。

我看到訊息，忍不住笑出來。

「是啊，一點也沒錯。」

小雪聽到我說話，又回應一聲。可惜這次訊息來不及顯示，畫面已消失。

Birthday
(Aug.8)
Mobile talk Hachiman& Komachi

komachi's mobile

FROM 小町 00:00
TITLE nontitle
生日快樂～

FROM 小町 03:20
TITLE Re2
用時間差攻擊太奸詐了！

FROM 小町 03:21
TITLE Re4
((_ _))..zzzZZ

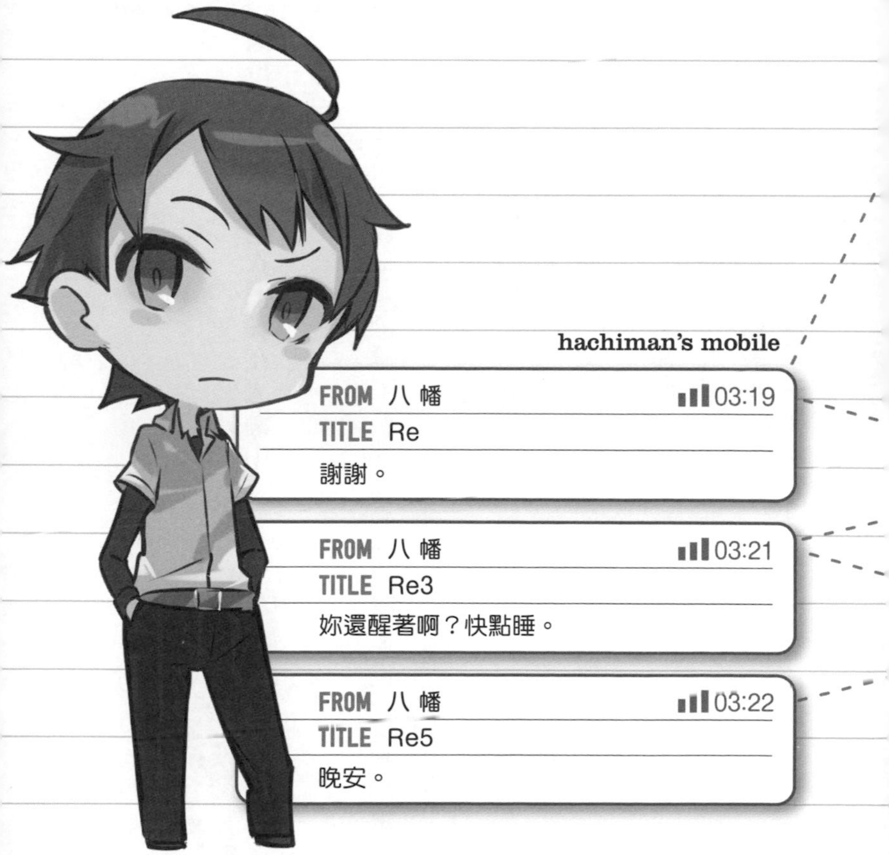
hachiman's mobile
FROM 八幡 03:19
TITLE Re
謝謝。
FROM 八幡 03:21
TITLE Re3
妳還醒著啊？快點睡。
FROM 八幡 03:22
TITLE Re5
晚安。

6

最後，由比濱結衣消失在人潮中

現在常聽人說，人與地方的連結日漸稀薄，左鄰右舍之間的關係也越來越疏遠。這是千真萬確的事實。我何止是跟左鄰右舍，連在學校裡，跟同學間的關係都很疏遠。既然連我都這樣說，代表絕對不會有錯。

我不瞭解久遠的年代前是什麼情況，至少我從來不覺得「地方」這個觀念跟自己有多切身相關。個中原因大概在於每次聽到「地方」時，那個「地方」究竟是指什麼地方的什麼人物，我總是一點概念也沒有。即使說是里民會長或市長，我也不認得他們的長相。

國中時，在一句「為了我們居住的這個地方，大家一起來清理垃圾」的口號下，學生們整個下午都被派去整理環境。不過，那個活動實在太莫名其妙，大家根本不可能好好清掃，結果變成一群人的集體散步。

話雖如此，我們也會在某些時候，感受到「地方」這個概念。

例如今天這個日子。

從大白天開始，遠處便傳來清脆的咚咚聲響。接著，整個城市有如從漫長的沉睡中醒來，跟著發出輕微的晃動。

我一踏出家門，便感受到和強烈的夏日陽光相呼應的喧鬧和熱情。

一路上有很多人跟我一樣是前往車站，有些穿著浴衣的女生更是格外顯眼。

搭上電車後，我被包圍在感情如膠似漆的情侶，以及帶著冰桶的一家人之中。我拿出耳機塞進耳朵，放空腦袋杵在原地，結果卻被身旁那些人釋放的壓力步步逼退到角落。看來我的靈壓完全消失，只是時間早晚的問題。

我以不讓任何人察覺的方式維持呼吸好幾分鐘。電車沿途停靠幾站之後，下一站終於要到達我的目的地。

車門發出「咻」的一聲滑開，這站只有我一個人下車，相對的則有許多人上車。我目送電車關門後，踩著沉重的腳步往剪票口走去。

受不了，我怎麼覺得整趟行程都是在浪費時間……而且想到回程時還得再跟那麼多人擠一次電車，便感到一陣厭煩。

我在心中醞釀不滿的情緒，想著等一下見面時絕對要好好跟她抱怨一番，然後逆著大批人潮而行，通過剪票口。

現在剛過我們約定的時間一分鐘。

她應該先到了吧？我環視四周，但是沒看到半個相像的人影，也沒看到妙蛙種子跟傑尼龜（註54）。

我靠著車站大廳的柱子等待，這時，一群印象中在校內看過的人通過我眼前。不過我們互不相識，所以當然沒有打招呼。

那群男男女女同樣穿著浴衣與甚平（註55）。我看著他們離去後，正好發現北邊出口有一個女生，喀噠喀噠地踩著木屐走過來。

她身上的淡紅色浴衣到處點綴著小花，朱紅色的腰帶非常醒目；有著粉紅色裝飾的棕髮，今天不是綁成丸子頭，而是往上梳起。

她似乎不太習慣穿木屐，走起路來搖搖晃晃的，於是我本能地跑幾步過去。

「啊，自閉男……不好意思，我遲到了。因為之前準備得有點匆忙……」

她露出不太好意思的嬌羞笑容向我賠不是。

「我沒差啦。」

我們看著彼此，不知為何沉默下來，由比濱還低下頭撥弄起頭髮。妳是哈姆太郎嗎？

「嗯……妳的浴、浴衣真不錯。」

奇怪，我讚美浴衣做什麼，應該讚美穿那件浴衣的人才對吧？好在我不用重新解釋一遍，由比濱便理解我的意思，游移著視線回答：

註54 日文中，「人影」和神奇寶貝內的「小火龍」發音相同。

註55 日本傳統服飾，現在大多為男生和小孩的家居服。

「謝……謝謝。」

接著，兩人又陷入沉默。所以現在要怎麼辦？除了史蒂芬・席格的電影，我想不到還有什麼東西可以沉默到這種地步（註56）。

為了化解僵硬的氣氛，我勉強擠出句子。

「……總之，我們走吧。」

「……嗯。」

我踏出腳步，喀噠喀噠的木屐聲跟著在身後響起。

我們穿過剪票口，準備搭乘開往千葉的電車。在這段期間，由比濱始終低頭不語。

沉默對我來說，只是一件小事。

但如果是由比濱陷入沉默，我就會開始在意。她連無關緊要的事都可以嚷嚷半天，現在卻變得這麼安靜，真讓人擔心她是不是在生氣。無論如何，我先隨便找些問題試探一下。

「為什麼我們不直接約在現場，而是約在這種不上不下的地方？」

「這個……現場的人那麼多，要找人應該很困難。」

「不是有手機嗎？」

註56　史蒂芬・席格有不少作品的日本片名皆以「沉默」開頭，例如「沉默的戰艦（魔鬼戰將）」、「沉默的要塞（絕地戰將）」等。

「那裡的收訊很不好。」

對喔，這麼說來，我的確聽過人潮擁擠的地方，手機很難收到訊號。但我從來不在那種地方打手機，所以一直以為那種說法只是都市傳說。不過，即使是在人少的地方，我也幾乎不會打手機。

「而且……直接約在現場，不是很乏味嗎……」

「乏味有什麼關係，又不是海苔。」

「不、不行嗎？你有什麼不滿？」

「報告，沒有……」

她生氣了……

於是兩人之間又陷入沉默。現在明明是大白天，卻有種摸黑走路的感覺，我們只明白對方就在自己身旁。

「煙火晚會──」

「煙火晚會──」

這次我們不約而同地開口。

由比濱慌亂起來，伸手示意我先說。

「……妳經常參加煙火晚會嗎？」

「嗯，我每年都會跟朋友去。」

「喔……」

這時，電車進站。

車廂內非常擁擠，大部分乘客似乎都是去參加煙火晚會，不僅是身穿浴衣，還有一些人帶著防水墊跟遮陽傘。

我們只要搭乘一站，於是直接站在門邊。車門喀嗟喀嗟地關上後，電車開始向前推進。

「對了，妳原本又是要說什麼？」

「啊，嗯……我本來是想問你，你有沒有去過煙火晚會。」

原來我們在想一樣的事情呢——由比濱告訴我這項無關緊要得要命的事實，還露出害羞的笑容。別再笑了！會傳染給我的！這肯定會引發一場大流行。

我移開視線看向手錶，才下午四點啊……

「我只有小學時跟家人一起去過。」

「這樣啊。」

對話到此再度中斷。

我們就這樣有一搭沒一搭地閒聊，像極了切成塊的鮪魚。在這段期間，電車持續行進。

港口展望塔出現在遠方時，電車突然減速。

「呀！」

隨著短暫的驚叫和木屐聲，一陣香氣竄入我的鼻腔，還有某種柔軟的東西壓上肩膀。

由比濱不習慣穿木屐，電車減速時突然重心不穩，因此往我這裡倒過來，我自然而然地接住她。

「……」

「……」

兩人的臉近到不能再近。由比濱漲紅臉，急急忙忙退開。

「抱、抱歉……」

「沒關係，誰教車廂這麼擠……」

我把臉別到由比濱看不見的角度，假裝看向窗外的風景，實則吁了長長一口氣。身上的汗水慢了好幾拍，現在才開始冒出來。

真、真是緊張……呼，危險危險。萬一我只是個普通男生，八成已經不小心喜歡上她。

不過，我絕不會發生那種事。我不會再產生任何誤會與誤解，以及一廂情願的想法。習慣從純粹出於偶然的現象中探尋意義，是「不受歡迎的男生」的壞毛病。

早上見面打招呼只是基本禮節；看到對方弄掉手帕，只是她個人粗心大意；跟一起打工的同事交換電子信箱，也只是為了方便調班。

不論是偶然、命運還是宿命，我一概不吃這套。只有公司的命令才是真的。我說什麼也不能變成那樣的大人，真不想出去工作……

我們下車離開車站後，立刻看到站前一帶人滿為患。耳朵聽到的，全是鬧哄哄的喧囂聲。

高聳的千葉港口展望塔，用鏡面般的外牆返照地面上的世界；增添好幾倍光輝的夕陽，也讓大家期待活動開幕的情緒更加高漲。

每個人都在高聲談笑，彼此交換著耀眼的愉快眼神。

沿路上擺滿各式各樣的攤位，賣章魚燒、大阪燒的攤子當然沒有缺席。附近的便利商店和酒館也把商品拿到外頭販賣，餐廳更是用可以欣賞煙火為噱頭大力宣傳，賣力地招攬生意。

這正是日本的夏天。

不知是不是體內流有日本人血液的關係，連我也不由得興奮起來。

千葉市民煙火晚會即將揭開序幕。

×　×　×

車站跟煙火晚會的會場相距不遠，整個公園跟車站幾乎是直接相鄰。不過現場湧入這麼多遊客，在裡面前進並非一件容易的事。

這片廣場平時其實很空曠，只讓人留下面積廣大的印象。可是，現在即使從遠處看過去，也只看到滿滿的人潮。

在擁擠的場合特有的悶熱感中，一陣舒服的海風吹拂而過。

我看一下手錶，目前才剛過傍晚六點，煙火晚會可是要到七點半才開始。

那麼，這段時間該做什麼才好……我看向身旁的由比濱，先確認妯的意見。

「還有不少時間，我們要怎麼辦？回去嗎？」

「不要啦！為什麼你會那麼自然地想到要回去？」

我不小心又犯了「出門在外總會想到回家的事」這個壞毛病。不論何時何地，不論置身於什麼情況，我永遠把「活著回家」這點擺在第一優先。真糟糕，照這樣看來，間諜或忍者這些行業跟我好像太相配。

「不然，現在要做什麼？」

要不要還是回去算了——正當我要接這句話時，由比濱從小提袋拿出手機。

「嗯……小町有傳一封簡訊，告訴我要買的禮物清單。」

她操作手機打開那封訊息給我看，不過機身上那堆閃亮亮的水鑽既礙眼又沒有品味，我只好勉強把注意力集中在畫面上。

小町的購買清單

炒麵　四〇〇圓

棉花糖　五〇〇圓

彈珠汽水　三〇〇圓

章魚燒　　　　　　　五〇〇圓
看煙火的回憶　　無價

最後那個東西是怎麼回事……
一想到小町是用什麼樣的表情打出這份清單，我這個哥哥便感到有點丟臉……
由比濱見我露出受不了的表情，發出「哈哈哈」的苦笑聲。
好丟臉！哥哥現在覺得超丟臉的！
儘管我的心裡難掩「又是那傢伙在搞鬼」的想法，但也明白這是她對我的體貼方式。
小町都已安排到這種地步，我不可能遲鈍到察覺不出來。
關於這一點，我其實還滿敏感的。
我對這種事過敏，甚至到達反應過度的地步。
全世界的男生中，高達八成的人滿腦子都在想：「她是不是喜歡我？」
正因如此，不論何時何地，我都必須保持冷靜透徹，用冰冷的視線告誡自己
「這是不可能的」。
我不太相信別人，更不相信自己。
我輕嘆一口氣轉換心情。
「那麼，照這個順序買吧……」

「嗯。」

不知是因為小町傳了那封腦袋有問題的訊息，還是沾染上慶典活動的熱鬧氣氛，由比濱走起路來，木屐跟著發出「喀噠喀噠」的愉快聲響。

即使在喧鬧的人群中，我也聽得到她一邊哼著小曲一邊走路。

人潮一路往廣場延伸過去。

數不清的攤位挨在一起，每一攤前面都聚集相當可觀的人潮。

雖然我們都很清楚那些擺出來的食物是什麼味道，不過在電燈泡的照明下，還是很容易激發食慾。連炒麵上的醬料和油脂都被照得閃閃發亮，顯得多汁美味，害我差點以為那是卡巴屋的汽水糖（註57）。

由比濱興奮得雙眼發亮，拉拉我的袖子。

「我們要從哪一攤開始吃？蘋果糖葫蘆如何？」

「那又不在清單上……」

而且這樣一來，我們的主要目的豈不是變成吃東西，而不是買東西嗎？

由比濱為此不太高興，依依不捨地看著蘋果糖葫蘆，但還是把視線移到手機上。

「那麼，要從哪一個開始？」

「先買常溫下可以久放的食物吧，所以是棉花——」

「天啊！你看！可以抽ＰＳ３！」

註57 指卡巴屋的長銷品牌「ジューC」，發音和英文的「多汁（juicy）」相同。

我走到一半，又被由比濱拉住袖子，她的心思完全被撈寶物（註58）的攤位奪去。那個攤位除了PS3，還準備豐富的豪華獎品。

「中不了的啦……還有，妳有在聽我說話嗎？」

「咦？可是繩子明明是連著的。」

「是連著沒錯，只是天曉得那繩子連去哪裡。」

綁在獎品上的繩子向上延伸，集中到一個地方後又往四面八方擴散，我們根本無從看出店家是否在其中動手腳。

「妳聽好，他們把最好的獎品放在顯眼的地方，本身就是一個陷阱。乍看之下對自己有利的東西，內情肯定不單純。這是常識。」

「那是哪個世界的常識……難不成你是黑社會的人？」

撈寶物攤位的大叔聽到我們的對話，往這裡瞪了一眼。

我們快手快腳地逃走，前去其他攤位。

第一個先買棉花糖。

棉花糖機器嗡嗡作響，散發出甘甜的香味。攤商把機器內蓬鬆的白色糖絲聚集至竹籤，然後裝進袋子，掛在攤位的屋簷上。那些袋子上都印著動畫或英雄角色，看來東映應該賺了不少錢。

註58 店家準備許多條繩子，供消費者選擇一條拉起，理論上有一定機率選到與下方獎品相連的繩子。

那樣子跟我還是小孩的時候完全相同，不會隨著時代不同改變。跟我同樣年齡的由比濱，也沉浸於懷舊的心情，愛憐地看著那些棉花糖。

「哇，好懷念喔！買哪一個好呢？」

「反正裡面的東西都一樣。不好意思，請給我這一個。」

我挑選面前用粉紅色袋子包裝的棉花糖，付了五百圓。

雖然我對播給女生看的動畫一點興趣都沒有，但小町既然是女孩子，還是選個光、光……光之什麼來著的比較好。嗯，沒有錯，我真的一點興趣也沒有，甚至完全分不出什麼寵物跟星光什麼的差別在哪裡（註59）。

在棉花糖之後，我們又買了彈珠汽水和章魚燒。

「接下來是炒麵吧。」

「嗯，剛才好像在那裡看到……」

轉身往回走時，有個人正盯著我們。對方稍微揮揮手，往這裡走過來。

「啊，結衣！」

「小模～」

由比濱也朝對方揮揮手，走過去幾步。她們兩人的動作還真像。

我懂了，這是所謂的「反映行為（Mirroring Behavior）」對吧？藉由採取相同的行為，使人們更容易得到對方認同。我曾經在電視劇中看過這一招。

註59 指「寶石寵物」和「星光少女」這兩個作品。

所以……那個人是誰？

遇到這種狀況，最好是降低自己的存在感，盡可能融入背景。我要變成一棵樹（註60）！

話說回來，透過她們稱呼對方的方式，多少能窺探出態度的落差。由比濱稱呼對方的方式很親暱，另一個叫小模的則不是這樣，但她們至少處得不錯，不至於到陌生人的地步。

所以……那個人到底是誰？

對方似乎也抱持相同的疑問，用眼神要求由比濱介紹。

「那位是……」

「啊，對，沒有錯，這位是跟我們同班的比企谷同學。然後她呢，也是同一個班的相模南。」

喔？原來是同一個班級的人。經由比濱這麼一提，我才對那個女生的臉產生印象，於是簡單跟她打一聲招呼。

這時，我們兩人對上視線。

下一刻，相模的嘴角掠過一陣笑意。

「喔，我懂了……你們是一起來的對吧？哪像我參加的是只有女生的煙火晚會。哎呀，真好～我也好想青春一下喔～」

註60　本句話的發音跟《冰菓》中千反田愛瑠的口頭禪「我很好奇」相同。

「哈哈哈……怎麼被妳說得好像游泳大賽（註61），我們根本不是妳想的那樣啦～」

由比濱有點不知該如何回應，索性跟對方一起打哈哈。

然而，我一點也笑不出來。

我對相模那個笑容相當熟悉。

她不是對我微笑，也不是大聲發出爆笑。

那毫無疑問是嘲笑。

她看見「由比濱帶來的男生」時，的確露出嘲笑的表情。

「咦？有什麼不好？反正現在是夏天，不是很適合嗎？」

她嘴角的笑意絲毫未變，僅用視線在一瞬間對我做出評價。光是如此，先前留存在我心中的暖意立刻煙消雲散，內心逐漸凍結成冰。

內心冷卻下來後，腦袋跟著清醒。

我的思緒重新活化，以超高效能運轉，效果有如把液態氮灌進脊髓。理性、邏輯與經驗法則集結起來，和感情互相角力。無需等待結果判定，勝負已很明顯。

我又差點會錯意。

我跟相模南互不往來，我們對彼此也不瞭解。

如果兩個不熟的人想互相瞭解，最快的方法是什麼？

答案是「標籤」。

註61「只有女生的游泳大賽」是日本過去播放的電視節目。

相模若想瞭解我這個人，必須靠「我隸屬的校園階級」這項資訊。其實不只相模是如此，所有人都一樣。

我們瞭解一個人之前，會先大致定位他所屬的組織、場所、位階、頭銜。在學校和公司中，這些基準經常被用來判斷一個人。雖然最近比較少聽到這種事，不過求職時，經常盛傳「企業會用學歷篩選求職者」，正是最典型的例子。

由比濱打破了校園階級的限制，社交能力又很強，因此很容易讓人忘記一項事實——她本來在班級內，甚至在全校，都位於校園階級的頂端。

反觀我，則落在校園階級的最底層。先不提不屬於任何階級的雪之下，從旁人的角度看來，由比濱跟我互動這一事實，怎麼看都像是在做慈善事業。

不妙……這可是一場大型煙火晚會，周邊一帶的高中生想必都會聚集過來，我的考慮實在有欠周延。

目前我彷彿身處淑女們的社交場合，同行的男伴搞不好也象徵她們的地位，如同用皮包、身上服裝的品牌衡量一個人的價值。

假若今天出現在由比濱身旁的不是我，而是葉山，周圍人的反應肯定大不相同，說不定由比濱將名列今晚的功臣榜。但是同行的男伴換成我，只會得到被丟進軍法會議，還得接受缺席審判的待遇。

我不認為這是我們所處的世界不同使然。如果我們真的分處不同世界，我不知能樂得多麼輕鬆。我們反而是因為處在相同的世界，事情才會這麼棘手。

我再怎麼被嘲笑都無所謂，可是，跟我在一起的由比濱被嘲笑，未免太可憐。

「炒麵那裡好像排了不少人，我先過去。」

「啊，嗯。我很快就過去。」

由比濱的笑容中似乎帶有一些歉意。我把她留在原地，迅速離開現場。

會導致由比濱地位降低的因子應該盡早排除。她們的對話依舊持續著，我聽也不聽，獨自遠去。

我靠著瞬間記憶和醬料的香味，來到賣炒麵的攤位。

做好的炒麵裝在塑膠盒裡，外面用橡皮圈綁好。在暖色系燈泡的照明下，我看了也不由得食指大動。

我拿起炒麵付完錢時，由比濱正好走過來。

「抱歉……」

由比濱顯得有些過意不去，但她根本不需要道歉，也因為如此，我花費一點時間思考該怎麼回應。

「……蘋果糖葫蘆。」

「咦？」

她聽到我的低喃，眼睛立刻亮起來。為了保險起見，我又向她確認一次。

「妳不是要買蘋果糖葫蘆嗎？」

「嗯，對！我要買我要買！到時候分一半給你！」

白。

受。不然，妳不覺得……

「不需要。」

如果妳能夠用刀子把糖葫蘆分毫不差地切成完美的兩等分，我也是很樂意接受。不然，妳不覺得……

不管怎麼樣，這下子把小町要求的東西都買齊了。

煙火表演即將展開。我根本不需要看手錶，從現場這麼多人興奮的樣子即可明白。

× × ×

夕陽終於沒入東京灣，靛藍色的夜幕垂下。月亮升至高空中，似乎也等著欣賞待會兒施放的煙火。

相連成排的攤位盡頭，便是作為主會場的廣場所在地。那裡早已被觀眾擠得水洩不通。

大家的塑膠墊鋪滿整個廣場，不留一絲空隙，而且活動還沒正式開始，眾人便已先互相乾杯。小孩的哭聲在遠處迴盪，近處則有人彼此咆哮。

因此別說是坐的地方，我們連要找個可以待的空間都有問題。

只有我一個人的話，倒還無所謂。我大可隨便找地方坐下，或者退到遠處觀賞煙火，然而，我今天是跟同伴一起來，自然另當別論。

我們不可能從頭到尾站著看煙火，所以得找個可以供兩人坐下的地方。但我們不僅沒有塑膠墊，連報紙都沒準備，由比濱又穿著浴衣，不能直接坐到地上，至於附近的長椅，早已被其他人先一步占走。

這種沒有容身之處的情況，不正是我參加學校活動時的處境嗎？

「哎呀～人真多呢，啊哈哈……」

由比濱傷腦筋地笑著。是啊，妳說的沒錯。

「早知道就準備一塊小的防水墊。」

「唔，總覺得是我不對……對不起，我應該早點跟你說。」

「……妳別誤會，是我很少參加這種活動，所以沒考慮到那麼多，抱歉。」

如果多用一點心，應該可以考慮到這點才是。我為自己的思慮不周感到些許失望。

那些受歡迎的男生想必非常細心，在這種時候一定準備得相當周到。跟長相好不好看比起來，能不能注意到這種細節更加重要。

例如三不五時傳簡訊噓寒問暖，出遊前先把資料查清楚、做足功課，排隊時適時地聊幾句，讓對方不感無聊……

……咦？什麼啊，未免太麻煩了。

如果得做到這種地步才能受歡迎，我寧可不要受歡迎。我是說真的。為什麼負責照顧的一方永遠是男生？男女平等的觀念跑去哪裡？

啊！難不成，我們要懂得照顧別人，才能受到歡迎（註62）？天啊，這個雙關語無聊透頂，不過我超喜歡把這種話說出口的自己。

剛剛說到哪裡？總之，像那樣勉強自己做表面工夫，展現不同於平常獨處時的一面，豈不是很虛偽嗎？

付出那麼多努力得來的愛情，難道可以說是適合自己——是適合真正自己的愛情嗎？

為了被對方喜歡、得到對方的心而使自己有所改變，那麼，變化後的自己還稱得上是「自己」嗎？既然是偽裝出來的外表，一定會在某個地方露出破綻，而且要是連本質都產生變化，便再也無法回到原本的自己。

腦中閃過一堆有的沒的思緒，我不禁微微嘆一口氣。

我抬起不知不覺間垂下的目光，恰巧跟張開嘴巴、陷入呆愣的由比濱對上視線。

「怎麼啦？」

「想不到自閉男也會為別人著想……」

「啥？妳是傻瓜嗎？我超會為別人著想的好不好！妳沒看我老是顧慮著不要帶給別人麻煩，才一直靜靜地窩在角落嗎？」

我從不主動跟人說話，從不跟人並肩而行，一定走在他們一步之後。為了不妨礙別人的預定計畫，也從不提出邀約。

註62「照顧」的原文（もてなす）與「受歡迎」（モテ成す）發音相同。

我為別人著想的技能，已經達到出神入化的境界，彷彿隨時可以發射繰氣彈（註63）。

「啊哈哈，我不是那個意思。嗯……該說是人很好嗎？」

「嗯，妳真是觀察入微。沒錯，我為人的確很好，儘管到目前為止經歷過許多不愉快，我卻從來不跟那些人計較，不曾報復過任何一個人。我只是個平常人的話，這個世界早就毀滅了。從這個角度來看，我簡直是救世主。」

「平常人根本毀滅不了世界，也不會遇到那麼多不愉快的事！」

由比濱說得非常有道理。

「好啦，這些怎樣都無所謂。那邊好像有些空位，趕快過去看看吧。」

「嗯。」

我們開始移動後，不巧碰上趕在活動前去攤位買東西和上廁所的人潮，只得像鮭魚似地逆流前進。

我在紛亂的人潮中忽左忽右地尋找空隙前進。

啊，我已經養成習慣，走路時不發出聲音。

若要論尋找空位，我稱得上是擁有日本國家代表隊實力的夢幻選手，這點程度的人潮根本不算什麼。

哼！我總是孤軍反抗這個社會的潮流，早已練就逆流前進的高超能力！

註63《七龍珠》角色飲茶的必殺技。

我隻身撥開人潮行進，如同和木人巷（註64）的整排木人一一過招。來到人潮密度降低的區域後，我才想到由比濱不見得有這樣的功力。

糟糕，我一開啟技能便不小心衝得太前面。我轉過頭想尋找她，結果發現自己根本多慮了。

只見由比濱一面喊著「不好意思」、「讓個位子」、「借過一下」，一面俐落地用手刀在人潮內劈出通道。

喔喔，這個女的眼神真銳利，很會找地方鑽嘛。

「什麼事？」

她輕輕鬆鬆地追上來，對我露出疑惑的表情。

「沒事……」

仔細想想，參加過多次這類活動的老手，應該比較懂得該怎麼做。現在並非隱形小企一枝獨秀的表演時間。

「總之，這裡的人比較少。」

「因為這裡需要買票進去吧……」

經由比濱一提，我轉頭看向周圍。這裡的確被布條區隔開來。

這個廣場的四周全被樹木包圍，坐在一般區域的話，看煙火時可能會受到影

註64 據說少林武僧學成欲下山，必須先通過「木人巷」的考驗。木人巷兩排擺滿木人，後有操縱者負責操縱攻擊武僧。

響。需要買票進場的區域則位於有點高度的小山丘上，因此視野完全不會被遮蔽。

此外，此處的警衛相當森嚴，來這裡兼差的大哥們正在四處巡邏。要是在這個區域閒晃太久，搞不好會被他們趕出去。

「再去其他地方找找看吧……」

區隔用的布條附近比較沒有人，我催促由比濱開始移動。

「咦？那不是比企谷嗎？」

有個身穿深藍色浴衣、散發高雅氣息的人叫住我，那身打扮在黑夜中格外顯眼。她的衣服上還有大百合與秋草的圖案，更增添清涼感。

那個人是雪之下陽乃。

一條布條區隔出內外兩個不同的世界。

陽乃位在裡面的世界。她坐在王座般的高級座椅上，周圍還有人隨侍在側，簡直像是女皇一般。

×　×　×

晚上七點四十分，煙火晚會延遲十分鐘才宣布開始。

現場隨即響起熱烈的掌聲，還有一些興奮過頭的人吹口哨。要是那種人出現在附近，我搞不好會一拳揍下去。會得意洋洋地吹口哨的人當中，有一半平常明明很低調，這種時候卻不知為何安分不下來。

這個區域位於廣場的小高丘上，正對著施放煙火的地方，加上四周沒有樹木遮蔽，所以煙火可以看得一清二楚。

想進入這個區域的話，本來一定得買票才行，不過我們靠著陽乃一句話，直接得到入場許可。

「今天我是代替父親來的，一直跟大家握手寒暄，真是無聊。好在比企谷你也來了！」

「喔？代替令尊？真是厲害。」

我只顧著環視四周，根本沒聽進陽乃後半段的話。陽乃燦爛地笑說：

「呵呵，你是指貴賓席嗎？因為一般人不能進來這裡。」

她驕傲地說著，像個天真爛漫的小孩子。

毫不掩飾心中的驕傲，有時並不會讓人感到傲慢。

雪之下陽乃直率的個性，或許正是她群眾魅力的來源。稍早她身邊還圍著一群人，不過她一說「不好意思，我遲到的朋友好像來了」之後，大家便二話不說地退開。

不僅如此，她招手示意我們進來時，負責管制的人員也不疑有他，連確認身分的步驟都沒有。真正的ＶＩＰ果然厲害。

「大名人呢……」

由比濱不知是佩服還是吃驚，發出頗特別的嘆息。陽乃聽了，再度露出微笑。

「呵呵，你們應該知道我父親的工作吧。他在這種地方自治團體舉辦的活動中很有分量。」

「縣議員對一個市的影響力有那麼大嗎？」

「喔喔～不愧是比企谷，真敏銳。不過真要說的話，有分量的其實是公司。」

印象中，她父親的確是從事建設業。如果再吃下公共工程這一塊，當然會變得非常有力。一直以來都有「選舉三寶」的說法，亦即地盤、看板、皮包，看來他是這三項都備齊了。補充一下，所謂的皮包即為「現金」，也叫做「銀彈」。順帶一提，人生中最重要的三個袋子則是指薪水袋、胃袋以及老媽。等等，我是要去結婚典禮致詞嗎（註65）？

目前正由市長和一堆相關人士發表冗長的致詞，並且預祝活動圓滿成功。陽乃邀請我們坐到她旁邊的座位，我跟由比濱都決定恭敬不如從命。

我點頭表達感謝後，坐上位子。

雖然我很想換成舒服又放鬆的姿勢，可是隔壁的陽乃讓我靜不下來。她是一個漂亮的大姐姐，這點當然會讓我緊張，不過我更害怕她過於完美的表面。在她的外

註65「三個袋子」是日本結婚典禮上，來賓致詞時經常用到的題材。母親的原文為「お袋」。

表下，漆黑的內在似乎匯聚成一個漩渦，那不是我能應付的。

這時，陽乃冷不防在我耳邊說：

「對了……花心可不是值得鼓勵的事喔。」

「等一下，我哪裡花心？」

陽乃聽我這麼說，表情逐漸轉為冰冷。

「所以說，你是認真的嗎……那更不可以原諒……」

「痛痛痛！」

此刻的我彷彿磯野鰹，可憐地被海螺小姐拉扯耳朵，好在我迅速逃離魔掌，才不至於造成什麼傷害。要是陽乃再用力一點，我可能就要去找中島打棒球（註66）。

「我也沒有認真……」

真是的，人家最怕痛啦。何況，我怎麼可能花心，又怎麼可能認真？就跟我沒有幹勁、沒有活力、沒有井脇一樣（註67）。雖然不知道她想要我說什麼，不過那是行不通的（註68）！

正當我迴避陽乃的攻擊時，某個大人物致詞完畢，第一發煙火終於要施放到空

註66 以上角色出自《海螺小姐》。

註67「幹勁、活力、井脇」是前自民黨議員井脇ノブ子的形象標語。日文中「花心、認真」和「幹勁、活力、井脇」押韻。

註68 原文「そうはいかんざき」為前公民黨議員神埼武法以自己的名字開玩笑的廣告台詞。

中。

在音樂的伴奏下，特大號連續發射的煙火綻放出大片花朵。紅色、黃色、橘色的光芒彼此交疊，毫不間斷地點亮夜空。

「喔……」

一團團的煙火映照在港口塔的鏡面外牆上，增添更多光彩。緊接著將接連施放各式各樣高達八千發的煙火。

煙火轟隆隆的爆炸聲響不絕於耳，它們是桃白白（註69）嗎？

這時，陽乃重新坐好自己的位置，發出咯吱一聲。

「那、那個！」

由比濱似乎一直在等待這個時機，隔著我對陽乃開口。陽乃看著她，連眨好幾下大大的眼睛。

「嗯……我記得妳是……什麼濱？」

「我、我叫做由比濱。」

「啊，對對對，真是抱歉。」

儘管陽乃完全沒有表現出惡意，但她絕對是故意的……她的能力跟雪之下不相上下，說不定還凌駕其上，對於聽過的人名，不可能那麼簡單便忘記。即使只是稍微說錯一點話，我都深深覺得她別有居心。

註69《七龍珠》的角色。

我直直盯著陽乃，想看出她到底在打算什麼，陽乃則對我輕輕一笑。

我瞬間感到背部竄過一陣寒意。她美麗的笑容，宛如在對我說，她已經看穿我在想什麼，因此更顯得恐怖。

「今天小雪乃沒有一起來嗎？」

「雪乃啊，她應該是留在家裡，畢竟這種對外的活動屬於我的工作。剛剛不是說過我是代替父親來的嗎？所以我可不是來玩耍的。」

陽乃伸手往自己一指，開玩笑地說道。

「在這種場合露面一向是長女的工作，這是母親一直以來的方針。」

雪之下好像也說過類似的話。她曾經說，對外活動是姐姐的任務，自己只不過是替代品。

所以，陽乃是父親的正統繼任者。指定把衣缽傳給長女，其實很理所當然。

可是，光是這樣還不夠充分。

「所以小雪乃不能來嗎？」

由比濱問到重點了。陽乃是父親的繼任者這件事，不足以構成雪之下不能出現在這裡的理由。

陽乃露出有點不知該如何回答的微笑。

「嗯……反正，這是母親的想法……而且，這樣不是比較不會搞混嗎？」

「妳們姐妹長得很像，如果只有一個人，的確是不會搞混沒錯……」

由比濱似乎相信這個說法，但實情恐怕不是如此，外界會如何看待才是重點。宣稱繼任者只有一個人的話，不會發生不必要的紛爭；要是讓外界覺得她們在爭奪繼任者的資格，則會產生不良影響。這樣一想，真像個武士家族……

陽乃用手指抵住臉頰，頭痛似地小小嘆一口氣。

「其實，我們家的母親很強勢，很可怕喔。」

「咦？比雪之下可怕？」

「什麼？你說雪乃可怕？」

她愣愣地看著我好一會兒，然後開心地哈哈大笑。她此刻的爽朗神情不同於以往，似乎是打從內心感到有趣。

陽乃抹去眼角泛出的淚水，同時心滿意足地呼出一口氣。她這才注意到周圍，稍微清了清喉嚨。

「比企谷啊，你真是失禮，雪乃明明那麼可愛耶。難道這是你一直以來對她抱持的想法？」

她又輕笑幾聲，接著把臉湊到我耳邊說：

「我母親可是比我還恐怖喔！」

「……請問她還是人類嗎？」

雪之下也就算了，竟然還有人比陽乃恐怖，會不會太誇張？那不只是動力服，已經接近鋼彈的領域吧。

「她對什麼事都握有決定權，還會要求底下的人遵守，所以我們只好跟她妥協……偏偏雪乃對這一點不太拿手。」

我看她不只是不太拿手，根本是遜到極點。

「所以當她升上高中後，說要一個人出去住時，我還覺得有點訝異。」

「小雪乃是升上高中後才開始一個人住嗎？」

「沒錯。她不是那種任性的孩子，所以父親很高興地買下那戶豪宅給她。」

唉，為什麼世界上的父親總是那麼寵女兒……

「母親則是堅決反對，直到現在仍不肯接受。」

「看來她跟令尊的感情滿好的。」

「喔喔，你對未來的岳父感到好奇嗎？」

「沒有啦，我根本看不出岐阜（註70）跟滋賀到底差在哪裡，也沒什麼興趣。」

「嗯……十二分。」

想不到她長著一張好人臉，評分標準卻那麼嚴格。

「說感情好也不太對。我覺得是母親太強勢，父親才會站在雪乃那一邊。」

聽起來像是一個扮黑臉，一個扮白臉。若要說得更淺顯，就是鞭子與胡蘿蔔。

「不過，我跟雪乃都很清楚這一點，所以也是照著劇本走。」

「妳們這對姐妹真討人厭……」

註70「岐阜」和「岳父」的日文發音相同。

我露出敗給她的表情，但這無損陽乃美麗的笑容。她轉而向由比濱提問：

「對了，你們今天是來約會的嗎？如果是的話，抱歉打擾到你們。」

「不，不是，我、我們怎麼可能……」

陽乃一刻也不鬆懈地注視著由比濱。

「嗯……看妳害羞的樣子，很可疑喔……不過，如果真的是約會……」

她的口氣有如在尋由比濱開心。

煙火表演暫時告一段落，四周逐漸黯淡下來，使我連陽乃的雙眼都看不清楚。可是，我可以肯定她眼中的光彩比夜空更加黑暗。

「……代表雪乃又沒有被選中囉。」

她喃喃地這麼說。

同一時刻，煙火再度啪啪啪地衝上天空，接著傳來斷斷續續的轟響，夜空跟著忽明忽滅。

煙火綻放後逐漸消逝，吹來的風中帶著煙硝味。

陽乃臉上平靜的微笑不時被光芒照亮。

「請問，剛才那句話……」

由比濱開口時，正好又有一波煙火發射，陽乃這次顯得格外興奮。這一波煙火過後，她才轉頭看向由比濱。

「嗯？什麼事？」

陽乃輕輕一笑，彷彿在說自己剛才一直顧著看煙火，沒注意到對方。

「啊，那個……不，沒什麼。」

由比濱把話吞回喉嚨，對話就此打住。

下一刻，幾個炮筒發出槍聲般的巨響，在天空劈里啪啦地散出光芒，陽乃像小孩子似地不斷拍手。

如果換成雪之下，她大概不會有這些動作——但仔細想想，陽乃可能是很清楚外界抱持什麼樣的眼光，才會採取這樣的舉動。

這對姐妹外表神似，內在卻徹底不同。儘管如此，她們的目光似乎放在相同的地方，這一點令人感到有些不可思議。

「嗯，雪之下小姐……」

我不知道該如何稱呼陽乃，索性先用姓氏稱呼，畢竟我不認為雙方親近到可以直呼其名。陽乃聽了，對我微微一笑。

「嗯？叫我陽乃就好。不過，我更歡迎你直接叫『姐姐』。」

「哈哈哈……」

我不由得乾笑幾聲。我怎麼可能那樣子叫她？

「……雪之下小姐。」

「哈哈，你真是固執，很可愛喔～」

可惡，我實在拿這種人沒轍……

只比自己年長幾歲的人最可怕。如果像平塚老師那樣，年齡有一段差距，我大可視她為完全不同領域的存在，亦即成熟的大人。可是，像我跟陽乃只相差兩、三歲，彼此間的觀念會有很細微的差別。

「雪之下小姐是我們高中的校友沒錯吧？」

「嗯，沒錯，我比你大三歲。」

陽乃一派輕鬆地回答，由比濱也「喔～～」地點點頭，一副很感興趣的模樣。

「所以，小雪乃的姐姐今年二十歲囉？」

「差一點。因為我出生得比較晚，現在還是十九歲。還有，妳也可以叫我『陽乃』，不然不覺得很麻煩嗎？或是『小陽乃』也不錯♪」

小陽乃……聽起來有點像暖暖包（註71）。由比濱忍不住面露苦笑。

「那麼，陽乃姐姐好了……」

煙火表演已經進入下一個階段。

配合音樂施放的煙火，在天空綻放出愛心形狀。這是不是隱藏什麼意圖？

伴奏用的音樂包含古典樂、流行歌，以及完全沒聽過的東西。煙火會配合音樂的情境，時而壯觀、時而含蓄。

註71　兩者的日文發音近似。

現在進行到比較閒散的部分，煙火的數量明顯減少，到處都是離開位置去上廁所或買東西的觀眾。

我們所處的這個區域也多出不少談笑聲。

餐桌上備有一些簡單的料理，不愧是貴賓席。

由比濱隔著我跟陽乃愉快地聊天。

「對了，陽乃姐姐，妳正在念大學嗎？」

「對，就是附近的國立理工科大學。」

「哇……頭腦真好……果然是小雪乃的姐姐。」

「老實說，我還想再往東京跑一點，但是家裡的人不贊成。」

陽乃見由比濱既驚訝又佩服，嘴角泛起有些複雜的微笑。

嗯，要進入地方企業工作的話，當然是留在當地念大學比較好。

話說回來，每次只要參與三人以上的對話，我總是毫不意外地被晾到一旁。從剛剛到現在，我除了吃東西之外，嘴巴便沒有打開過。總而言之，這種時候只能一個勁兒吃東西，想辦法熬過去。嗯，炒麵真是太好吃了。簡單的醬汁味，也就是男人的味道（註72）。

「所以說，妳們姐妹的志願都是理組呢。」

由比濱不經意的一句話，讓陽乃的動作停下來。在持續不斷的煙火聲中，我的

註72 出自《孤獨的美食家》台詞。

隔壁陷入一陣詭異、令人在意的寂靜。

「喔，原來雪乃想考國公立的理工科大學啊……」

陽乃臉上的微笑有點像是嘲笑。不過，或許因為我是從透徹的角度觀察陽乃，才會產生這種想法。說不定她其實很疼愛自己的妹妹。

由比濱默默看著陽乃的笑容。

「從以前到現在，一點都沒改變……要麼用一樣的東西，要麼把東西讓給她……」

陽乃回憶起過去，目光變得縹緲，聲音也變得柔和。可是不知為何，那句話卻讓我感到焦躁不安。

大概是我的壞習慣使然，動不動便想解讀話中之意。

然而，在剛才的短短一瞬間，除了我以外的某人也感受到某種東西。

由比濱置於膝蓋上的雙拳微微顫抖。

「請問……」

「嗯？」

相對於她若有所思的表情，陽乃表現得極其平靜，只是稍微把頭歪向一邊。

「……陽乃姐姐……是不是跟小雪乃處得不好？」

「討厭，怎麼可能呢？我可是很喜歡雪乃的喔！」

陽乃連想也不想立刻回答，嘴角還泛起溫暖的微笑。

她的回答和表現，簡直完美得無可挑剔。

也因為如此，我覺得她只是對預想範圍內的攻擊予以迎擊。

她改為蹺起另一隻腳，繼續說下去。

「那個總是追在我後面跑的妹妹，哪有不可愛的道理？」

總是追在陽乃的後面跑，也代表雪之下總是輸她姐姐一截。

那是何等殘酷的事，有如絕對的勝利者對愚昧的挑戰者露出笑容，有如把對方當成小孩應付。

陽乃用她不顯一絲刻薄，又無懈可擊的美貌朝由比濱投以微笑。

「那麼由比濱，妳又如何？喜不喜歡雪乃？」

陽乃的問法相當直截了當，讓由比濱呆愣一下，但她還是在支支吾吾中努力拼湊出字句。

「我、我很喜歡小雪乃！她又帥氣又老實又可靠，但又常常說一些很脫線的話，非常可愛，想睡覺的樣子也讓人好想緊緊抱住她。還有，雖然她的個性很難懂，但其實很溫柔……嗯，然後然後……啊，哈哈哈……我好像說了一堆亂七八糟的東西……」

這時候，綻開的煙火照亮她害羞笑著的表情。

「嗯……那樣就好。」

陽乃的臉上一瞬間掠過稱得上是慈愛的表情，跟她的個性實在太不相符。

然而——或者該說是果然——下一刻，她又換上夜叉般的眼神。

「大家一開始都會這麼讚美她，可是到了最後，總會對她感到嫉妒、憎恨，並且排擠她，不再跟她往來……希望妳不要跟那些人一樣。」

她笑起來的表情非常淒切，看到這一幕的人絕對會想好好憐惜一番。

「我……」

由比濱被陽乃震懾住，話語再度變得支支吾吾。

「不會的。」

接著，由比濱用強而有力的眼神看回去，完全不移開視線。

陽乃聳聳肩，瞄了我一眼。

「比企谷，你應該明白我想說什麼吧？」

「嗯……」

我怎麼可能不明白？

這種事情我早已見多了。不只是雪之下，一個團體內特別優秀的人總是會受到排擠。突出的木樁並不會被敲下去（註73），而是直接被拔起來丟棄，然後在風雨中逐漸腐朽。

「沒錯沒錯，我很喜歡那種眼神。」

我聽到這句話而轉過頭，正好跟陽乃對上視線。陽乃冰冷的眼神讓我不禁打一

註73　日本諺語，意近「樹大招風」、「槍打出頭鳥」。

個冷顫。下一秒，她突然露出微笑。

「呵呵，比企谷，你果然很不錯。我喜歡你那種在奇怪的地方看得很開、放下執著的一面。」

我一點也不覺得這句話是在讚美。

我早已明白這個人經常話中有話，所以根本不可能誤解。

這種部分肯定，舉出對方某個特色說喜歡的說法絕不可信。「我很喜歡你的品味」跟「我喜歡你，包括你的品味」，完全是兩碼子事。這是我國中時期的親身經歷，現在的我不會再掉入這種程度的敘述性陷阱。

「那麼，比企谷喜不喜歡雪乃？」

「媽媽跟我說過，不要把喜歡或討厭說出口。」

陽乃聽了，愉快地笑起來。

夜越來越深，煙火晚會也隆重地進行著。

最後的壓軸節目，是絢爛的黃金瀑布。金色帷幕從天而降，觀眾報以最熱烈的掌聲。

「嗯，煙火差不多要結束了。」

陽乃從座位上起身。

「我要在會場變得擁擠前先回去。」

她接著用眼神問我們打算如何。

由比濱見狀，同樣從座位上起身，回頭對我說：

「我們也回去吧。」

「嗯。」

光是想到會被困在人群中動彈不得，我不禁寒毛直豎。追隨陽乃的腳步提前打道回府才是正確的選擇。

於是，我們三人踏上回程的路。

購票觀賞區旁邊有一條通往停車場的小路。從這條路離開會場，即可避開滿滿的人潮。

來到停車場後，一輛租賃車朝這裡緩緩駛來。

不知是陽乃先行聯絡過司機，還是身為一名一流的司機，懂得提早一步行動是理所當然的。

那輛車在我們行走的步道旁停下。

「願意的話，要不要送你們一程？」

「這、這個……」

由比濱看向我，暗示由我做決定。

我沒開口，只是盯著那輛租賃車。

我對那輛車有印象，而且我應該沒有看錯——

「不管你再怎麼找，那些看得到的傷痕都已經消掉囉。」

陽乃輕笑道。

然而，我跟由比濱一點都笑不出來。

陽乃為突如其來的沉默感到納悶，收起輕鬆的表情。

「咦？奇怪，雪乃沒告訴過你們嗎？我好像說了不該說的話……」

她的語氣中帶著歉意。雖然那句話當中沒有任何謊言，現場的氣氛仍然很沉重。

「所以……她果然……」

由比濱的聲音非常細微，我幾乎要聽不清楚。

我很清楚她沒有說出來的部分是什麼。

——雪之下果然也知道那件事。

陽乃對我們的反應感到意外，趕緊為雪之下緩頰。

「啊，不過你們不要誤會，雪乃並沒有做錯什麼。」

這點我很清楚……到目前為止，雪之下並沒有什麼不對，因為她無時無刻不維持自己的「正確」。

「她不過是坐在那輛車上，沒做什麼不對的事。比企谷，這樣你可以接受吧？」

陽乃向我確認。

我連這些內容都是第一次聽到。儘管如此，結果並沒有任何改變。不論雪之下在那起事件中處於什麼位置，都不會撼動事實。

「這個嘛……畢竟撞上我的人不是她，所以跟她沒什麼關係吧。」

我的語氣比自己想像的還要冷淡。今晚明明是熱帶夜（註74），我的體溫卻直線往下降。

身旁傳來木屐的聲響，由比濱往我這裡貼近一步。有一個幫忙撐腰的人後，我勉強把話音拉高。

「而且，事情都已經過去了。我的原則一向是不回顧過去。再說，什麼事情都要回顧的話，人生未免太過黑暗，我可不想變成那樣……」

咦，奇怪，怎麼說到最後，語氣又變得冷淡？過去的創傷真是恐怖。

「這樣啊，既然你認為事情已經結束，那就沒有關係囉。」

陽乃大大地鬆一口氣，現場氣氛也因此稍微緩和。

「……那麼，我們回去了。」

「嗯，好。」

她乾脆地讓我們離去，沒有特別挽留。

車內的司機察覺到我們結束對話，走出來幫陽乃打開車門。陽乃輕聲說一句「謝謝」，坐進車內。

「比企谷，再見囉！」

註74 指夜間最低氣溫高於攝氏二十五度。

她神采奕奕地向我揮手道別。但是可以的話，我希望不要再見到她。

司機關上後座車門，迅速回到駕駛座發動車輛。

我跟由比濱也默默踏出腳步。

說不定我們都還需要一些時間，才能把心中的想法化為話語。

× × ×

儘管我們已提前離開會場，但有不少人也抱持相同的打算，所以我們來到車站時，站內的人潮還是相當多。

電車似乎是受到煙火晚會的影響，進站時間比原先預定的慢一些。車廂內擁擠到幾乎沒有座位，於是我們直接站在車門前。

從會場搭電車回離由比濱家最近的車站僅需一站，我預計下車的車站也只在三站之外，並沒有多遠。

電車行駛不到五分鐘，便播放即將到站的廣播。

「那個……」

由比濱打破沉默，幽幽地開口。

我用視線跟呼吸聲表達自己正在聽。她停頓一會兒，繼續說下去：

「你曾經……聽小雪乃提過那件事嗎？」

她心裡其實很清楚答案，但還是向我詢問。

「沒有，從來沒聽過。」

「這樣啊……那麼……啊。」

這時，電車在晃動中停靠月台。門一打開，夜裡蒸騰的暑氣立刻竄入車廂。

由比濱看看我，又看看車外，猶豫著該怎麼做，可惜列車關門的警示音是不等人的。

現在沒有思考或猶豫的時間，我輕嘆一口氣走出車廂。跟著下車的由比濱略感意外地問道：

「你在這裡下車真的沒關係嗎？」

「話講到一半被打斷總是不太舒服……妳是故意挑快到站的時候才開口嗎？」

「哪、哪有可能！人家只是一直問不出口而已！」

看她慌慌張張辯解的模樣，我實在不認為她不是故意的。

由比濱真是個策士。

「……我送妳到妳家附近。」

「謝謝……」

她低聲向我道謝。

車站跟由比濱家似乎相距不遠，但是由於她穿著不太習慣的木屐，走路的速度比較緩慢。

靜默的街道上，只有我們兩人緩慢的腳步聲。

隨著夜越來越深，開始有風流動。即使走在外頭，溼氣和暑氣也不再那麼折騰人。

「那妳聽她說過嗎？」

我延續先前在電車上的話題，由比濱無力地搖頭。

「可是……我認為有些事情很難說出口。一旦錯過那個當下，便再也沒有機會……我自己也是如此……」

由比濱同樣是經過一年多才提起那場意外，而且是因為被我先一步揭穿才坦白。

「我一直想著要多做一些心理準備、多考慮一下再說出口，結果便一直拖延。」

嗯，我多少可以理解。尤其是話題比較嚴肅時，特別容易如此，更不用說是要跟別人道歉或懺悔。原本就不好說出口的事，時間拖得越久只會變得越難以啟齒。另外也有一些事情，必須真的下定決心才有辦法說出來。

「而且，小雪乃一直開不了口，可能跟家裡的因素有關……不過我也不瞭解她家的情況就是了。她的姐姐陽乃，感覺又很可怕……」

她應該不是在幫雪之下說話。

雪之下生長的家庭的確稱不上一般。她家的家世自然不在話下，其他還包括陽乃，以及凌駕於陽乃之上、嗅得出不尋常氣息的母親。

她們的家庭一定存在著什麼問題。

想是這麼想，不過別人的家庭怎麼樣，不是我們這些外人能置喙的。

「我不認為我們應該干涉別人的家務事（Domestic）。」

「嗯……」由比濱稍微思考一會兒，「Do、Domestic……啊，是DV嗎？」

「不要學了一點東西便胡說八道，小心我揍妳喔。」

「難道真的是DV？」

這哪裡是家庭暴力（Domestic Violence），只是V而已，視覺系（Visual）。

「總之，不管是那場意外還是她家的事，大家通通當作不知道不是很好嗎？」

亦即視為不公開的事情。雪之下不希望我們碰觸的事，我們便不應該碰觸。

我們不可能彼此瞭解，要是對方裝出很瞭解自己的模樣，我們看了也會生氣。

這世界上有許多事情，站在漠不關心的立場才是最佳選擇。

例如在大雨天扛著沉重的行李跌了一跤，或是當著全班的面被老師臭罵，事後我們總會希望大家不要來找自己講話。

那些帶有善意的話語不但安慰不了人，反而有可能帶來二次傷害。大家真的應該認清這一點。

有時候，同情和慈悲會成為壓垮人的最後一根稻草。

「維持不知道……真的好嗎……」

由比濱貌似無法理解而停下腳步，低頭看著自己腳邊，於是我跟著停下。

「我不認為不知道是什麼壞事。要是知道的事情增加，麻煩事也會一口氣暴增。」

「知道一件事」無疑是承擔更多風險。很多東西如果維持不知道，會讓我們幸福許多。人們真正的心情即為最好的例子。

人活著或多或少會欺騙自己和別人。

因此，事實永遠是傷人的。它只會讓某個人平穩的生活徹底崩解。

接下來的幾秒鐘，我們都閉口不語。

在這陣沉默中，由比濱用她自己的方式思考出答案。

「但我還是想知道更多……我希望我跟她能更深入地瞭解對方，讓關係更要好。她遇到困難的時候，我也想幫上她的忙。」

由比濱重新踏出腳步，走在我前方，我則跟在她一步之後。

「自閉男，如果小雪乃有什麼困擾，請你記得幫幫她喔。」

「……」

我想不出該如何回應她的請求。

不要說是幾秒鐘，即使多給我一倍甚至是十倍的時間，我也絕不可能得出像她那樣的答案。

我不打算更加深入。在此之前我從不深究，在此之後我也絕不會這麼做。

「不，那是不可能的。」

雪之下不會有什麼困擾。即使有，她也不可能求助於我，我也不會主動介入。

我在話中隱藏好幾種意思。由比濱聽了，抬頭望向星空，「喀」一聲用木屐踢開腳邊的石子。

「不過，你還是會幫助她的。」

「這種事情誰知道呢？」

在我開口問由比濱怎麼會這麼認為之前，她先一步回頭看我。

「因為，當時你不也救了我嗎？」

「我說過，那只是偶然。我不是因為認識妳才救妳的，所以不能算是救了妳。」

不論是她對我的感謝、信賴，或是程度更在其上的事物——一切都是幻想，都是誤會。

不僅是我，對其他任何人都做得到的事情產生的評價，算不上是對我的肯定。針對行為與針對人格的評價，完全是兩碼子事。我們不能因為看到某個人做一件善事，便判斷他是好人。同樣的道理，要是只因為我衝出去救由比濱，便肯定我的人格，對我來說也會相當困擾。因此，由比濱那份帶有感傷的確信一定是搞錯了。

「不要對我抱持那種期待。」

我一定會讓她失望。與其這樣，不如一開始便不要對我有所期待。

我跟由比濱保持一定的距離行走。木屐的喀噠聲和鞋底摩擦地面的聲音交雜，迴盪在夜間的街道。

不協調的腳步聲持續下去，那僅僅一步的距離始終沒有填滿。

不過，由比濱突然停下腳步，讓我來不及煞車，整個人往前傾，導致距離迅速縮短。

她轉過身，柔和的月光映照在她臉上。

「就算沒發生那場意外，你也會幫我，所以我們今天才會一起來看煙火。」

「怎麼可能……我根本幫不上妳。」

假設事情從未發生過，並沒有什麼意義。

人生不存在「如果」這種東西。

人生只有不斷的後悔。

儘管如此，由比濱依然緩緩搖頭。她溼潤的眼角反射著街燈的光芒。

「不，不會的。你不是說過，即使沒發生那場意外，你也一樣會孤獨一人，所以那場意外不是讓你沒有朋友的原因……我自己也因為這樣的個性，遲早會被介紹去侍奉社，在那裡遇到你……」

她這段真有可能發生的幻想，意外地帶有真實色彩，所以我無法輕易否定或反駁。如果我、由比濱和雪之下是用不同的方式相遇，我們說不定會建構出完全不同於現在的關係。

正當我這麼想時，由比濱熱切地說下去。

「你一定還是會用那種白痴愚蠢又亂來的方法，幫我解決困難。然後——」

咕咚。

不知是我倒抽一口氣，還是她強烈的心跳聲。

她沒有再說下去。

我很在意她接著想說什麼而抬起頭，兩人因此對上視線。

「然後，我——」

嗡嗡嗡……這次是手機發出模糊的震動聲。

「啊。」

由比濱只瞄一眼手邊的小提袋，打算不理會手機，繼續說下去。

「我一定——」

「不用接手機嗎？」

我用這句話阻止她接下來的內容。

由比濱這次把視線落到小提袋上，緊緊握住袋子。下一刻，她快手快腳地掏出手機，抬起臉「啊哈哈～」地害羞笑著。

「……是媽媽打來的。」

她對我說一聲抱歉後，走到一、兩步之外的地方接聽手機。

「嗯，我已經快到家了。對，咦？不需要，不需要啦！不是說很快就到了嗎？」

她對話筒發出一串連珠炮似的話後，直接按下結束通話的按鈕，然後瞪著手機好一會兒，才將手機收回小提袋。

「我家在前面，你送到這裡就好。謝謝你送我到這裡……再、再見！」

「這樣啊……」

「嗯，晚安囉。」

由比濱輕輕對我揮手道別，我稍微舉起手致意。

「嗯，那——」

我還沒把話說完，她便已急急忙忙趕回家。看她快要摔倒的模樣，實在有點教人擔心。我目送她消失在附近的一棟公寓後，也踏上回家的路。

經過鬧區時，慶典活動帶來的熱情尚未消退，到處都見得到醉漢跟年輕的男女們吵吵嚷嚷。

我不想跟他們有所牽扯，挨著路邊踽踽獨行。每往前走一步，周圍的喧囂與紛擾跟著消失一點。

來到人潮跟高樓大廈都不再的地方後，來往的車輛逐漸加快速度。對向車道有一輛車子開始加速，車頭燈相當眩目，我不禁別開視線停下腳步。

然而，這僅止於一時。

別開的視線終究得重新轉回前方。

7

那麼，比企谷八幡呢？

月曆上的夏天即將進入尾聲。

今天是暑假的最後一天，明天便要回學校上課。儘管初秋的茅蜩已開始鳴叫，炎熱的暑氣仍未退去。看來還得再過好一陣子，秋天的氣息才會降臨。

八月最後一天的夕陽逐漸隱沒，我在餘暉當中為明天的開學做準備，把老早之前便完成的暑假作業裝進書包。

這時，我發現其中一份是小町的自由研究報告。大概是我把繳交用的紙本印出來後，便跟這堆暑假作業夾在一起。

我隨手翻閱一下這份報告，回顧關於焰色反應的研究。

煙火之所以有顏色，是在於所謂的「焰色反應」。

若把金屬或鹽類置於火中燃燒，會發出各元素特有的顏色。藍白色的火焰也會因為接觸到不同元素，而改變成不同的外貌。

這跟我們人類意外地相似。

不同的人彼此接觸，便會產生些許反應和千變萬化的顏色。

即使是同一個人，接觸到不同的人也會出現不同反應，引發完全不同的顏色，如同五顏六色的煙火。

舉例來說，川崎沙希說她是一個很不好接近的人。

她不主動靠近人群，而且就同類型的人看來，也不太可能跟她成為朋友。因此對她們來說，互不干涉可能是最好的交流方式。

又如川崎大志，他說她很美麗，卻又很恐怖。

如果只論表面，這是最貼切的描述。在旁人的眼中，她正如同冰海的絕壁。

材木座義輝認為她太過於正直，因此不討厭傷害別人。

他這段評語有一部分可說是完全正確，但我認為傷害別人並非她討厭或不討厭的意志問題，而是除此之外，她不知道其他方法。

戶塚彩加認識她之後，說她是一個認真、一絲不苟的人。

她的個性的確就是那樣，有時甚至過度忠於原理和原則，雖然那些都是以她心中的正義為準則。

比企谷小町跟她接觸過後，感受到她的些許寂寞。

不論是搬出去住的一方，還是送別的一方，心中都會懷抱一絲寂寞。

當然，那充其量只是旁觀者的感傷。沒有人會知道他們真正的心情，說不定包括她自己也是。

相較之下，平塚靜一直守護著她，深信她的溫柔和通情達理。

老師說過「這個世界既不溫柔，也不通情達理」，所以她一定過得很辛苦。有道理。在她身處的環境裡，十之八九的事物都可能成為她的絆腳石。唯一能夠算是救贖的，大概只有「朋友」。可是，她說不定也因為那些「朋友」，而受過幾十倍甚至幾百倍的痛苦。

儘管如此，跟她一起長大的雪之下陽乃，卻笑她根本不值一提。

陽乃帶著殘酷的笑容，說那個可憐又可愛的妹妹總是追在自己的後面，總是贏不過姐姐，得不到關愛的眼神。

我不知道陽乃是指什麼人的關愛眼神，是朋友？家庭？親人？抑或是命運？不管是哪一個，只有雪之下陽乃那位強者會認為她可憐，我從來沒產生過那種想法。

由比濱結衣跟她共處了這麼一段時光，還大聲宣稱自己喜歡她。由比濱的話語沒有半點造作，還發出幼稚而憨直的慟哭，那是我所見過最美麗的告白。但即使是這樣的由比濱，也覺得自己跟她之間存在一堵牆。不過正因為如此，由比濱才希望更接近她一些。那股意志相當強烈，甚至不惜找我幫忙也想成為她的助力。

那麼，比企谷八幡呢？

這一路走來，我該不會什麼都沒發現吧？

我多少能理解她的行為模式，以及促成那些行為的心理，可是，這不等於我能理解她的心情。這單純是因為我們處於類似的環境和立場，我才得以藉此碰巧類推出近似的答案。

不論何時何地，人們的眼中都只有自己想看的事物。

我想，我在她身上找到某種跟自己相近的東西。

她貫徹孤傲的性格，貫徹自己的正義，不為沒有人理解自己而嘆息，放棄去理解別人。她確實擁有這種我所渴望獲得、超乎尋常的完美人性。

我……並不會想更瞭解她。

我所知道的雪之下雪乃，總是美麗、誠實、不欺騙，還能大膽說出眾人不敢說的話；即使沒有依靠之處，依然保持屹立不墜。

她的美麗身姿有如凍結的蒼藍火焰，又脆弱得教人悲傷。

我想，我一定很憧憬那樣的雪之下雪乃。

8

僅僅一瞬間，雪之下雪乃停下腳步

八月三十一日與九月一日。

這兩個日子明明是相連的，兩者強烈的落差卻高居一年之冠。

這是日常與非日常的交界線。

平日與假期交錯之時，比企谷八幡的故事將跟著謝幕。

假期結束前，正是負面能量累積到最高點的時刻。這個世界說不定會被染成最壞的結局。

如此這般，今天是開始上課的日子。

我騎腳踏車穿過許久未見的上學路，這條路跟兩個月前一樣擁擠，而且越接近學校，學生們的喧鬧聲也越強烈。想必經過一個暑假，大家都累積一堆話想宣洩。

舉目所見皆是三五成群的學生，悠哉地往學校走去。

我在這所高中待了一年以上，因此認識不少面孔，不過僅止於認識的程度。

我在路上遇到戶部與海老名，但沒有開口搭話或打招呼。

雖說暑假期間的集訓活動不是什麼夏日的幻影，但那是因為情況特殊，我們才有機會講到話。校園內和校園外各有不同的距離感和相處方式。

關於這一點，我當然區分得相當清楚。

因此從第一個遇到的川崎開始，我即使看見認識的人，還是老樣子保持沉默。

平時交情不是那麼要好，見面時卻主動拍打對方的肩膀；明明不知道對方本來的膚色，開口第一句話卻是「你是不是晒黑了」——與其跟這種虛偽的人混在一起，連看都不看他們一眼可是誠實得多。

大樓門口有很多到校的學生同樣默默地不說話，不知他們是否抱持跟我一樣的想法？

但事實上，他們一見到認識的人，眼睛馬上亮了起來，高高興興地跟對方聊天。

在我的觀念裡，人們被搭話時會感到高興，最大的理由在於自我認同的欲求獲得滿足。

他們藉此確定對方認同自己這個人、接受自己存在於這個世界、確定自己擁有讓對方前來搭話的價值，並且為此感到高興。

反過來說，我們能夠自我認同的話，便不需要上述的確認過程。

獨行俠是以孤傲真正地確立自我。

我真是愛死了懂得這樣思考的自己。我真是太了不起啦！

我試著靠自己滿足自我認同的欲求，開始愛的生產。如果供給過多，則稱為自體中毒。照這情況看來，我已經成為散播愛的一方……我懂了，原來我是神啊……

我一邊走在走廊上，一邊在腦中把玩這些白痴的念頭（世間稱之為哲學）。

我已在這棟校舍度過一半的高中時光。

這些情景是如此熟悉，但總有一天，我也會忘得一乾二淨。

如同泛黃相片的景象中，突然出現一個讓我畢生難忘的身影。

陽光從樓梯旁的玻璃照射進來，使暑氣冉冉上升。那個身影在暑氣中散發凜然的氣息，不讓任何人靠近。

那是雪之下雪乃。

我發出「噠」一聲踏上樓梯時，她察覺到背後的動靜而回過頭。

「哎呀，好久不見。」

「嗯，好久不見。」

雪之下配合我的步調，跟我一起往上爬，所以我們始終維持兩階樓梯的距離。

我早已習慣她高高在上的態度。

「比企谷同學。」

她未轉過頭，而是背對我呼喚我的名字。我只用頭部動作回應。

雪之下用幾秒鐘的時間，才會意我的沉默即為回答，於是她接著說下去。

「……你見到我姐姐了，對吧？」

她這句話混雜在其他學生的喧鬧聲中，不過聽起來還是相當清楚。

「是啊，碰巧遇到。」

我這句話的聲音不知如何，雪之下是否有確實聽到？

在來得及確認答案之前，樓梯先一步到達盡頭，通往二年級教室的走廊出現在眼前。

往左邊走是雪之下所在的J班和I班，往右邊走是H班到A班。

我們之間的距離在這個路口縮短，雪之下停下腳步。

「那個……」

「——社團活動今天就要開始嗎？」

我走到她前面，半轉過身問道。

她面露困惑，難得地說不出話。

「是、是啊……我是打算如此……」

「知道了，那晚點見啦。」

我還沒說完這句話，便先踏出腳步。

我的背部感覺得到雪之下的視線。她想說些什麼，最後又把話吞回去。

即使如此，我依然無法停下腳步。

通往教室的路上，其他班級滿是同學們再次見到面的喜悅和活力。

F班也不例外，沒有任何人發現我進入教室。

我為此暗自鬆一口氣。太好了，我還是原來的我。

我喜歡自己。

到目前為止，我從來沒有討厭過自己。

不論是高階的基本性能、可以說是上相的外貌，還是悲觀又現實的想法，我一點都不討厭。

然而，這可能會是我第一次討厭自己。

妄自期待，妄自把理想強加在對方身上；自以為瞭解對方，最後又妄自對她失望——我已經告誡過自己無數次，結果還是改不過來。

——雪之下雪乃也會說謊。

這是多麼理所當然的事實，我卻無法接受。我討厭這樣的自己。

後記

大家好，我是渡航。

時序即將進入盛夏，這是最適合窩在家中的冷氣房，悠哉看漫畫、動畫的季節。不對不對，你一定誤會了。我是個注重健康的人，為了躲避直射的陽光、降低罹患皮膚癌的風險，才不踏出家門，只是這樣而已，絕不是因為沒有出遊計畫。

不過，真的要請大家多加注意。既然說是「暑假（註75）」，不好好待在家裡休養，可是有觸法之虞。

說到危險，夏天也是到處充滿危險。除了海邊之外，還有山、川、豐……啊，那是演歌歌手。

其他還有許許多多的危險，例如游泳池、遊樂場、購物中心、鬧區、通勤電車、公司，以及公司、還有公司、或是公司，最後當然不能漏掉公司。

只要搭上通勤電車，便會看到一群群要去東京得士尼樂園的年輕人；換成下班時回程的電車，當你抓著吊環打盹時，則會見到頭上戴著老鼠耳朵的情侶……

每次看到那些景象，我總會聯想到一堆事，像是我的學生時代究竟是怎麼度過、我到底為什麼要工作、我憑什麼要工作、我何苦要出去工作……總而言之，真的會想很多。

註75　日文為「夏休み」。

最近我每天平均只睡三個小時，不過現在第五集的原稿告一段落，我應該可以暫時脫離這種作息，跟這樣的日子道別。

再見了！一天只睡三小時的生活！

你好！一天只睡一個半小時的生活！

……事情為什麼會變這樣？

嗯，那個……那麼多人滿心期待我交出成品，我當然高興得快要大叫，可是，該怎麼說呢……我還是希望可以多睡一點，所以有沒有人願意包養我？如果有誰願意說「我來養你」，請寫信至小學館GAGAGA文庫編輯部。我非常期待各位的來信。

當然也有許多人擔心我太操勞，不過我熱愛工作和寫作，所以不會有問題的，就像「人、人家一點也不喜歡工作啦！我、我才沒有騙你」這樣，所、所以無需擔心。

我還會繼續努力！

另外，如同本書書腰上的消息，《果然我的青春戀愛喜劇搞錯了》要製作成動畫了（註76）！YA！

我過去的作品曾被評為「明明得到大獎，卻可以角逐銷量最差的寶座」、「銷量差到搞不懂為什麼能拿到大獎，乾脆先問問大獎到底是什麼吧」、「使人獎這一概念

註76　此處是指日本消息。動畫已在二〇一三年四月於日本電視台播映。

瓦解的概念武裝──渡航（Logical Meltdowner）」，想不到如今也有作品改編成動畫的一天……

有了大家的支持，我才得以走到這一步。單靠我一個人的力量，不可能有此結果。我能來到這個魔法般的領域，都要歸功於各位的愛護。這是因為你們的支持與鼓勵才得以實現，真的非常感謝大家。

這些感謝和喜悅將成為我的原動力，第五集、第六集以及之後的內容，我同樣會繼續GAGAGA地努力！

在第五集的內容裡，許多事情開始露出端倪，他的心開始略微動搖，他們的世界也微幅地前進後退、原地打轉。這齣隨處可見又只屬於他的故事，在第六集又將如何發展？

下一集我也會他力本願地好好加油，得寸進尺地依賴大家的幫忙，讓親鸞看了都只能躲在草堆裡哭泣！

接下來按照慣例，是謝詞的部分。

ponkan⑧神，這次除了書籍本篇，您還在特典等舞台大顯身手，真是辛苦了。而且這次終於輪到戶塚登上封面！太好啦！非常謝謝您！

責編星野大人，那、那個……真、真的非常對不起……其實不是那樣的，這是因為……啊，可是再說下去只會成為藉口……總、總之非常謝謝您！

渡航大人，謝謝您送上這麼棒的書腰推薦文，我完全看不出來那是責編一時興起而要您寫出來的內容（註77）……什麼跟什麼啊！

各位作家，在銀河最強的截稿日來臨前，你們還是為參加酒會的我提供掩護、製造不在場證明，還幫忙跟責編大人協調，非常謝謝你們。下次也請各位多加關照。

還有各位讀者，謝謝你們一直以來的支持。每次拜讀各位讓人暖洋洋的心得感想，我的睡意、腰痛、疲勞便會煙消雲散。這對我而言，不失為一帖良藥。這個故事未來可能還有各式各樣的發展，如果各位能繼續不吝提供支持與愛護，將是我的榮幸。真的非常謝謝你們，接下來也請多多指教。

那麼，這次請容我在這裡放下筆桿。

六月某日，於千葉縣某處，教訓著比ＭＡＸ咖啡還要天真（註78）的自己　渡航

註77　本集原文版書腰的文字，是由渡航撰寫，內容為：「反正只是弄個 FLASH 動畫吧……咦？真的假的？等、等一下！」

註78「天真」與「甜」的日文皆為「甘い」。

國家圖書館出版品預行編目資料

果然我的青春戀愛喜劇搞錯了。5/ 渡航 著;涂祐庭譯
—1版.—臺北市：尖端出版，2013.08
面；公分.—(浮文字)
譯自:やはり俺の青春ラブコメはまちがっている。5
ISBN 978-957-10-5292-2(平裝)

861.57　　101015957

浮文字

果然我的青春戀愛喜劇搞錯了。5

（原名：やはり俺の青春ラブコメはまちがっている。5）

著者／渡航
譯者／涂祐庭
執行長／陳君平
協理／洪琇菁
執行編輯／石書豪
封面插畫／ponkan ⑧
內文審校／施亞蒨
榮譽發行人／黃鎮隆
國際版權／高子甯、賴瑜妗
美術主編／李政儀

出版／城邦文化事業股份有限公司　尖端出版
臺北市南港區昆陽街十六號八樓
電話：（〇二）二五〇〇—七六〇〇
傳真：（〇二）二五〇〇—二六八三
E-mail：7novels@mail2.spp.com.tw

發行／英屬蓋曼群島商家庭傳媒股份有限公司城邦分公司　尖端出版
臺北市南港區昆陽街十六號八樓
電話：（〇二）二五〇〇—七六〇〇（代表號）
傳真：（〇二）二五〇〇—一九七九

中彰投以北經銷（含宜花東）／楨彥有限公司
電話：（〇二）八九一九—三三六九
傳真：（〇二）八九一四—五五二四

雲嘉經銷／智豐圖書股份有限公司　嘉義公司
電話：（〇五）二三三—三八五二
傳真：（〇五）二三三—三八六三

南部經銷／智豐圖書股份有限公司　高雄公司
電話：（〇七）三七三—〇〇七九
傳真：（〇七）三七三—〇〇八七

一代匯集／香港九龍旺角塘尾道六十四號龍駒企業大廈十樓B&D室
電話：（八五二）二七八三—八一〇二
傳真：（八五二）二七八二—一五二九

馬新經銷／城邦（馬新）出版集團Cite (M) Sdn. Bhd.
E-mail：cite@cite.com.my

法律顧問／王子文律師　元禾法律事務所
台北市羅斯福路三段三十七號十五樓

二〇一三年八月一版一刷
二〇二四年五月一版十四刷

郵購注意事項：
1. 填妥劃撥單資料：帳號：50003021戶名：英屬蓋曼群島商家庭傳媒(股)公司城邦分公司。2. 通信欄內註明訂購書名與冊數。3. 劃撥金額低於500元，請加附掛號郵資50元。如劃撥日起 10～14日，仍未收到書時，請洽劃撥組。劃撥專線TEL：(03) 312-4212 ・ FAX：(03) 322-4621。E-mail：marketing@spp.com.tw